KB078062

THE OMNIPOTENT
BRACELET

전능의 팔찌 2부 4

김현석 현대 판타지 장편소설

초판 1쇄 찍은 날 § 2024년 1월 19일
초판 1쇄 펴낸 날 § 2024년 1월 26일

지은이 § 김현석
펴낸이 § 서경석

총괄팀장 § 황창선
편집책임 § 양준
디자인 § 스튜디오 이너스

펴낸곳 § 도서출판 청어람
등록번호 § 제387-1999-000006호
등록일자 § 1999. 5. 31
어람번호 § 제1-3222호

본사 § 경기도 부천시 부일로 483번길 40 서경B/D 3F (우) 14640
편집부 § 서울특별시 구로구 디지털로 272 한신IT타워 404호 (우) 08389
전화 § 02-6956-0531 팩스 § 02-6956-0532
http://www.chungeoram.com
E-mail § chungeorambook@daum.net

ISBN 979-11-04-92505-4 04810
ISBN 979-11-04-92499-6 (세트)

MODERN FANTASTIC STORY

전능의 팔찌

2부

THE OMNIPOTENT
BRACELET

김현석 현대 판타지 소설

4

도서출판
청어람

전능의 팔찌 2부

THE OMNIPOTENT
BRACELET

목차

4권

Chapter 01

—

입사하실 거죠?

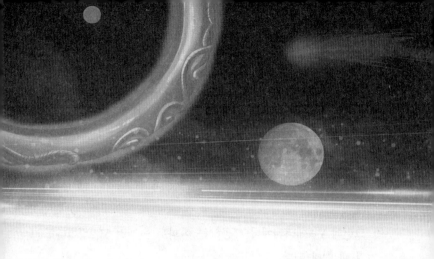

　강연희의 남편인 곽진호의 부모는 상봉동에서 철물점을 운영하고 있다.

　슬하에 3형제가 있는데, 진호가 차남이다. 형과 동생은 아직 미혼이다.

　부모는 자식들 키우며 뒤치다꺼리를 하느라 여태 좁은 다가구 주택을 벗어나지 못하였다.

　부모님이 방 하나를 쓰시니 나머지 한 방에서 셋이 복닥거리며 살았다.

　그렇기에 곽진호의 소원은 자신만의 방을 가져보는 것이다.

이제 그 꿈이 이루어질 것 같다.

그런데 전용면적이 51평이라니 얼마나 큰 건지 감조차 잡히지 않는다.

참고로, 상봉동 집의 면적은 16.3평이다.

지난 몇 년간 거주하던 동해시 천곡동 아파트는 겨우13.01평이다.

그런데 Y—에너지에서 제공하는 아파트는 무려 51.2평이다. 거의 네 배나 된다.

이 아파트의 안방과 드레스룸, 그리고 화장실의 합계 면적은 14평 정도이다. 지금껏 살던 집 전체보다 넓다.

그렇기에 다소 멍한 표정으로 이게 진짜인가 하는 의문을 가졌다.

그런데 쐐기까지 박는다.

"Y—에너지에 재직하는 동안엔 관리비 및 전기, 가스요금을 회사에서 부담합니다. 상하수도 요금만 내시면 됩니다."

"네?"

방금 언급된 비용만 연평균 45만 원 정도이다.

이걸 회사에서 부담해 준다면 연봉이 540만 원 정도 늘어나는 것이나 다름없다.

곽진호는 꿈을 꾸는 것은 아닌가 하는 표정이다.

"현재, 신수동 Y—빌딩이 건립 예정인데 이건……."

현수는 노트북을 펼쳐 신축도면 등을 보여주었다.

"이 건물이 완공되면 곽진호 씨에겐 펜트하우스가 제공될 겁니다. 재직기간 내내 사용할 수 있습니다."

펜트하우스는 아파트, 호텔, 주상복합 등 고층건물 상층부의 고급스러운 주거공간으로 대개 꼭대기 층에 위치한다.

하여 높은 곳에서 내려다보는 전망과 함께 고급스러운 인테리어를 갖추게 마련이다.

"크기가 조금씩 달라서 펜트하우스는 대략 150~200평 정도 되는 규모로 지어질 겁니다."

"네에?"

방금 봤던 전용면적 51.2평에도 넋을 잃었다. 그런데 그것보다 3~4배나 더 넓은 주거를 제공한다니 어찌 안 놀라겠는가!

"Y─빌딩 역시 상하수도 요금만 부담하시면 됩니다."

"대, 대표님! 제게 왜 이런…?"

평범한 자신에게 왜 이런 어마어마한 혜택을 주려느냐는 표정이다.

"곽진호 씨는 Y─에너지 사원번호 00001번입니다. 이게 제 대답입니다."

"……!"

창립멤버이자 최초 입사자라니 멍한 표정이다.

"입사하실 거죠?"

"네? 그, 그럼요! 감사합니다. 열심히 일하겠습니다."

"그러서야죠! 책임이 막중할 테니까요."

"네? 그게 무슨…?"

"Y—에너지 배터리사업부의 대표인 제 바로 밑이 곽 과장이니까요."

"네…?"

또 멍한 표정이다. 이러다 습관 될 듯싶다.

"나는 Y—에너지뿐만 아니라 Y—엔터, Y—코스메틱, Y—스틸, Y—어패럴, Y—템퍼러처 등의 대표도 겸임합니다."

"……!"

"곽 과장님은 배터리사업부의 실무총책임자입니다."

"아! 네에."

곽 과장은 고개를 끄덕였다. 그런데 조금 멍한 표정이다.

Y—에너지엔 두 개 사업부가 있다.

나머지 계열사들도 여러 개 사업부가 있을 수 있다.

각각의 사업부를 총괄하는 사람들에게도 자신과 같은 혜택을 줄 거라는 생각을 하자 멍해진 것이다.

"오다가 이 건물 바로 옆 여관을 보셨죠?"

"네! 규모는 큰데 조금 낡았더군요."

"그 건물을 매입한 뒤 적당히 수리해서 Y—그룹 임시사옥으로 쓸 생각입니다. Y—빌딩이 완공되면 이사 갈 거니까요."

"네에."

곽진호가 고개를 끄덕일 때 현수의 말이 이어진다.

"곽 과장님의 첫 번째 임무는 배터리사업부가 필요로 하는 모든 것을 체크하는 겁니다."

"네, 모든 것을요?"

"업무공간뿐 아니라 각종 기자재 등도 모두 생각해보셔야 합니다. 당장은 휴대폰 배터리로 시작하지만 곧 자동차용 등으로 발전되어 갈 겁니다."

곽진호는 대답 대신 고개를 끄덕였다.

"Y―에너지의 목표는 세계 배터리 시장의 석권입니다. 그에 필요한 자금은 충분히 준비되어 있으니 마음 놓고 연구인력 등을 충원하십시오."

"네! 알겠습니다."

다소 허황된 말이지만 곽진호는 그렇게 생각하지 않았다.

"나중의 수출을 고려하여 공장부지도 매입해야 합니다. 이 것 또한 곽진호 씨가 알아봐야 할 일입니다."

"네?"

부동산 매입은 한두 푼 드는 일이 아니다. 그런 걸 왜 시키느냐는 표정이다.

"공장과 창고는 각각 1,000평짜리 2동씩, 기숙사는 500평 규모는 되어야 하니 부지는 1만 평 정도 필요할 겁니다."

"에? 1만 평이요? 그렇게 넓어야 하나요?"

"기숙사는 같이 쓰지만 절반은 태양광발전사업부에서 사용할 겁니다."

"아! 이해했습니다."

"평당 60~100만 원 정도의 부지를 찾아보세요. 조금 전에
도 말했지만 수출항까지 교통이 편한 곳으로 찾아보세요."

60억 내지 100억 원짜리 땅을 사라고 한다. 그런데 현수는
슈퍼에서 껌 한 통 사오라는 듯한 표정이다.

하긴 1조 원 이상이 들 Y—빌딩을 지을 사람이니 100억 원
도 푼돈일 수 있겠다는 생각이 들었다.

"참! 입주하실 아파트가 인테리어 공사 중입니다. 곧 공사
가 끝난다 하니 당분간 호텔에 머물면서 일을 보세요."

"호텔이요?"

"참, 아이가 있으시죠? 아이 이름이……."

짐짓 알면서 묻는 말이다.

"아영이요. 곽아영입니다. 올해 두 살입니다. 정확히는 한
살하고 한 달이 아직 안 되었습니다."

"그렇다면 아직 분유를 먹겠군요. 그럼 여의도에 있는 메리
어트 호텔을 쓰십시오."

"메리어트 호텔이요?"

"네! 거긴 주방이 있으니 거기가 괜찮을 듯합니다."

정식명칭 '메리어트 이그제큐티브 아파트먼트 서울'은 여
의도에 소재한 34층 건물 2동으로 되어 있다.

5성급 특급호텔이고, 다양한 객실이 갖춰져 있는데 'One
Bedroom Apartment'는 침실과 거실, 그리고 주방과 화장실

로 구성되어 있다. 작은 아파트인 셈이다.

아영이가 아직 어리니 굳이 침실이 2개인 객실까지는 필요 없을 듯하다.

"자! 이제 고용 계약서를 쓰실까요?"

"네? 아, 네에."

곽진호는 현수가 내민 고용 계약서를 찬찬히 들여다보았다. 너무 조건이 좋아서 혹시 이상한 꼬임에 넘어가는 것 아닌가 싶었던 것이다.

곽진호가 고용 계약서를 검토하는 동안 현수는 다이안의 숙소를 방문했다.

방송을 마치고 돌아와 쉬고 있던 멤버들은 환호성을 터뜨리며 현수를 환영했다.

서연, 세란, 연진, 정민, 예린이 한 번씩 달려들 때마다 뭉클하면서도 푹신하며, 부드러운 촉감 때문에 신체의 한 부위가 곤욕스러운 것을 빼면 아주 좋았다.

예상대로 '지현에게'와 '첫 만남'은 음원차트를 휩쓰는 중이다. 하지만 1위는 현수가 부른 것이다.

웅장하면서도 절묘한 화음이 이루어지는 남성 5중창은 거의 없어서 그런 모양이다.

그런데 다이안 멤버들이 현수를 부르는 호칭이 괴이하다.

"와아아! 오자공님, 오셨다. 어서 오세요."

"오자공님! 보고 시퍼쪄요. 환영해요."

'오자공…? 뭐지? 내 이름을 착각한 건가? 난 김현순데.'

처음엔 대체 무슨 소린가 했다. 그래서 물어봤지만 아무도 대답해주지 않고 웃기만 한다.

그래서 더 묻지 않았다. 뭔가 이상한 기분이 들어서이다.

"오자공님! 배 안 고프세요?"

"배고프냐고? 왜? 아직 점심 전이야?"

시계를 보니 오후 3시 반쯤 되었다. 간식을 먹을 시간이 다가온 것이다.

"네에! 우리 굶었쪄요. 방송하고 오느라 굶었쪄요."

"오자공님! 전에 그거 만들어주심 안 돼요?"

"마자요! 그거 대따 맛있었는데 또 만들어주세요. 넹?"

"오자공님! 부탁해요."

서연과 예린이 양쪽 팔에 매달려 애교를 부린다. 연진은 등 뒤에서 부둥켜안고, 정민은 목에 매달릴 기세이다.

"근데 오자공은 대체 뭐야? 그거 가르쳐 주면 해주지."

"치이! 해주기 싫으시니까…. 됐네요."

예린이 입술을 삐죽이며 떨어져 나간다.

"맞아! 우린 그냥 굶자."

서연마저 대답하지 않고 물러섰다.

"나두, 나두!"

연진과 정민마저 떨어져 나간다.

'뭐지? 대체 뭐기에……. 에이, 알려고 하지 말자.'

현수는 고개를 갸웃거리며 테이스토피아를 열심히 만들어 주었다.

멤버들은 몹시 배가 고팠는지 고개를 처박고 먹느라 여념 이 없었다. 현수는 흐뭇한 웃음을 지었다.

현수는 끝내 오자공이 뭔지 모르고 물러났다.

'오빠, 자기, 공동남편'의 준말이라는 걸 알았다면 식겁했 을 것이다.

사무실로 내려가니 곽진호가 계약서를 내민다.

"사인했습니다, 대표님! 근데 급여가 조금 이상합니다."

"네? 급여가 작아요?"

"아뇨! 아까 7,200만 원에서 시작하자고 하셨는데 액수가 잘못 기입되어 있는 것 같습니다."

곽진호가 손으로 짚은 곳은 연봉 항목이다. 1년 급여 총액 이 8,888만 8,888원으로 기록되어 있다.

누가 봐도 잘못 기입된 듯하다.

"아! 이거요."

"네! 수정할까요? 아님 다시 인쇄를……."

"아뇨, 그게 맞아요. 그 금액에서 갑근세 등을 공제하면 실 수령액 7,200만 원이 돼요."

"네에?"

곽진호는 크게 놀란 표정이다.

연봉 7,200만 원도 충분히 만족하는데 그보다 1,700만 원 정도 더 높은 금액을 준다니 어찌 안 놀라겠는가!

　게다가 60평 형 아파트를 제공하고, 관리비 등 540만 원 또한 추가로 지원해 주지 않는가!

　"적어서 그래요? 다시 협상할까요?"

　"아, 아뇨! 절대 그런 거 아닙니다. 감사합니다."

　곽진호는 얼른 고용 계약서를 내밀었다.

　"그럼, 이제 정식으로 우리 직원인 겁니다."

　"네! 일할 기회를 주셔서 감사합니다. 대표님!"

　"곽 과장, 부인과 아이는 어디에 있습니까?"

　"아직 동해에 있습니다."

　"그래요? 그럼 호텔 예약부터 하고 다녀오세요."

　"배려해주셔서 감사합니다."

　곽진호는 메리어트 호텔이 5성급 특급호텔이라는 것을 확인하고 놀라지 않을 수 없었다.

　너무 과하다 느꼈기 때문이다.

　회사에서 이런 대접을 해주니 하인스 킴 대표에 충성을 다할 것을 다짐했다.

　　　　　*　　　　　*　　　　　*

　"주인철 씨! 주인숙 씨!만나서 반갑습니다."

　"네!"

18 전능의 팔찌 2부

인철과 인숙도 헤드헌터와 통화를 했기에 이 자리에 있다.

"일단 자리에 앉으시죠."

"네! 감사합니다."

둘이 소파에 앉을 때 가벼운 노크 소리가 들렸다.

똑, 똑, 똑―!

"네에, 들어오세요."

벌컥―!

문이 열리고 서연이 들어오다 화들짝 놀란 표정을 짓는다. 현수 혼자 있는 줄 알았던 것이다.

"어머! 대표님, 죄송해요. 혼자 계시는 줄 알고."

"뭔 일 있어?"

서연이 슬쩍 주인철과 주인숙의 눈치를 본다.

"아, 아뇨! 저어……. 손님 오셨는데 커피라도 내올까요?"

"커피? 아! 그래. 두 분은 어떤 걸로 드릴까요? 커피, 녹차, 주스가 있어요."

"저는 커피 주세요."

"저는 녹차요."

"나는 사과주스 한 잔 부탁해."

"네! 대표님."

서연이 조신하게 물러났다.

"저분…, 다이안의 리더 서연 씨 아닌가요?"

주인철의 물음이다.

"맞아요! Y—엔터와 Y—에너지는 Y—인베스트먼트에서 출자해서 만든 계열사입니다."

"아! 그런가요?"

주인철은 듣던 중 반가운 소리라는 표정이지만 주인숙은 별 변화 없이 사무실을 둘러보는 중이다.

장식품이라곤 아무것도, 심지어 벽에 달력이나 시계조차 붙어 있지 않은 그야말로 심플의 극을 달리는 사무실이다.

하여 처음 발을 들여놓았을 땐 대체 여긴 뭔가 하는 표정을 지었다. 혹시 사기꾼 사무실이거나 장기밀매 같은 걸 하는 덴 아닌가 싶었다.

그러다 서연을 보았다.

가요계를 강타한 '지현에게'와 '첫 만남'을 발표하여 단숨에 막강한 팬덤[1]을 형성시킨 걸그룹의 리더이다.

어느 채널로 돌리든 한 시간에 한 번 이상 방송되니 바쁜 식당 일을 하면서도 다이안을 알게 되었다.

그런 서연이 스스럼없이 들어서는 걸 보니 사기꾼 사무실은 아닌 듯하다. 하여 새삼스레 왜 이렇게 안 꾸몄지 하는 표정으로 둘러보는 중이다.

"Y—에너지엔 두 개의 사업부가 있습니다. 하나는 배터리

---

1) 팬덤(fandom) : 팬(fan)과 '영지(領地)·나라' 등을 뜻하는 접미사 '덤(—dom)'의 합성어로 특정한 인물이나 분야를 열성적으로 좋아하는 사람들 또는 그러한 문화 현상

사업부이고, 다른 하나는 태양광발전사업부입니다."

"……!"

둘에게 '태양광발전'이라는 다섯 글자는 애증이 교차하는 표현이다. 그 때문에 여태 먹고살았으며, 그 때문에 사랑하는 부친을 잃은 때문이다.

"헤드헌터가 말하길 주인철 씨가 이 분야에 정통하다더군요. 경력도 제법 길구요."

"네? 아이고, 아닙니다. 경력은 조금 되지만 그냥 수박 겉핥는 정도일 뿐입니다."

"과장급으로 모시고 싶은데 오시겠습니까?"

"현장직인가요?"

이제 겨우 서른 살이다. 그럼에도 중간 간부직을 제시한 건 현장에서 실무자들을 관리하라는 뜻이라 생각한 것이다.

"실무에 정통하니 관리직은 어떤가요?"

"관리자요?"

한때는 몸 편한 관리자가 되길 바란 적도 있었다.

말끔하게 양복 입고 책상 앞에 앉아 모니터를 들여다보는 화이트칼라가 선망의 대상이었다.

그런데 아버지의 사업이 어려움에 처하게 되자 그런 꿈을 버렸다.

현장에서 일하는 한 사람의 일꾼이 되어야 아버지의 짐을 덜어주는 거라 생각했던 것이다.

기왕이면 유능하다는, 솜씨 좋다는, 기술 좋다는 이야기를 듣고 싶어 죽어라 공부하고, 노력했다.

하여 현장에서 20년 넘게 구른 기술자들 못지않은 실력과 이론을 겸비한 상태이다.

그럼에도 수입이 적어 먹고사는 것조차 고달프다.

"주인철 씨! 태양광발전 효율이 얼마나 되는지 아십니까?"

"지금은 8~15% 정도지요. 실험실에선 19.5%까지 나왔다고 하더군요."

"Y—에너지엔 그걸 확실하게 끌어올릴 수 있는 기술이 있습니다."

"……!"

주인철은 대답 대신 쓱 한 바퀴 둘러본다. 아무것도 없는 사무실에서 뭘 어떻게 했느냐는 표정이다.

"태양광발전이 P형 반도체와 N형 반도체 접합면에 태양빛을 조사했을 경우 광전효과라는 광기전력(光起電力)이 일어나는 것을 이용하는 건 아시죠?"

"당연하죠."

"태양광을 직접 전기로 변환하는 반도체 소자의 단계를 보면 '광 흡수단계'와 '전하 생성단계', 그리고 '전하 분리단계'와 '전하 수집단계'로 볼 수 있다는 것도 아시겠네요."

"그것도 물론입니다."

아버지를 도우려면 박사급 지식을 가져야 한다는 생각에 열심히 공부했던 내용이다. 물론 아직은 박사에는 미치지 못한다. 독학이라 한계가 있기 때문이다.

"태양광발전의 기본적인 구성이 뭔가요?"

드디어 전문지식 면접인 듯하여 주인철은 머릿속을 가볍게 정리한 후 대답했다.

"태양전지모듈과 인버터, 그리고 구조물이지요."

"먼저, 모듈에 대해 설명해 주시겠습니까?"

"태양전지모듈은 작은 셀로 구성되어 있는데, 셀 자체는 파손이 쉬워서 견고한 알루미늄 프레임 안에 셀을 배열하여 하나의 판 형태로 만든 제품입니다."

현수가 고개를 끄덕이자 설명을 이어갔다.

"여러 장의 셀을 직렬 또는 병렬로 연결시켜 필요한 전압과 전류를 가지는 일정규격의 판넬로 만든 것이 모듈이죠."

"인버터(inverter)는요?"

"그건 태양광발전용? 전력변환장치입니다."

"조금 더 자세히요."

"태양전지 어레이(Photovoltaic array)로부터 발생된 직류전류인 DC전류를 상용주파수 전압의 AC교류로 전환하여 전력계통에 연계함과 동시에 시스템의 직류 및 교류 측의 전기적인 감시와 보호를 하는 장치입니다."

"잘 아시네요. 이제 구조물에 대한 설명 부탁해요."

"태양전지모듈과 태양광발전용 전력변환장치인 인버터를 지지 또는 거치하는 목적인 겁니다."

"그리고요?"

"기둥 또는 받침 등으로 어레이를 지탱하거나 태양의 위치와 고도에 따라 효율을 극대화하기 위해 설치하죠."

주인철은 이만하면 되었느냐는 표정이다.

아주 기본적인 내용이지만 현수는 가볍게 고개를 끄덕인 후 입을 열었다.

"한국에너지공단 발표에 따르면 2014년에 135개였던 국내 태양광발전 업체 수가 2016년인 현재 108개로 감소했다고 합니다. 그 이유를 아시나요?"

"그건, 업체들이 우후죽순처럼 생겨나 공급과잉이 심해진 탓이죠. 글로벌 금융위기 여파로 저유가 기조가 이어진 것도 악영향을 미쳤다고 생각합니다."

맞는 말이다. 이쯤에서 화두 하나를 던져줘야 한다.

"반도체를 예로 들자면 1980년대 후반엔 대세가 '64K D램'이었지만 현재는 '16G D램'을 생산하죠. 30년 동안 D램 용량은 무려 25만 배나 증가했습니다."

"……!"

이 분야는 잘 모르는지 고개만 끄덕인다.

"태양광발전에 대한 연구도 꾸준히 진행되고 있는데 왜 아직도 효율이 낮을까요?"

"그건……."

25만 배나 늘어난 것과 비교를 하라는 듯하다.

주인철은 잠시 아랫입술을 깨물었다. 본인이 업(業)으로 삼고 있는데 너무 허접하다는 느낌을 받았기 때문이다.

"태양전지 발전효율 개선속도가 느린 건 절대 아닙니다. 폴리실리콘[2]을 원료로 사용하는 태양전지가 빛을 전기로 변환하는 효율 한계치가 29%라 그렇습니다."

"그래요? 그럼, 한계치가 겨우 29%밖에 안 되는 폴리실리콘만 써야 하는 이유는요?"

"그건…!"

주인철은 대답할 수 없었다. 단 한 번도 생각해 보지 않았던 것이기 때문이다.

"빛을 전기로 변환하는 또 다른 물질은 없을까요?"

"그건…… 있을 수도 있겠지요."

왠지 자신 없는 표정과 음성이다.

"맞습니다. Y-에너지는 그 답을 찾았습니다."

"네…? 정말요?"

무슨 소리냐는 표정이다. 아마도 절대적이라 생각했던 진리가 깨진 느낌일 것이다.

---

2) 폴리실리콘(polysilicon) : 태양전지에서 빛에너지를 전기에너지로 전환시키는 역할을 하는 작은 실리콘 결정체들로 이루어진 물질. 일반 실리콘에 비하여 발수성이나 내화성, 산화 안정성, 저온 안정성, 가스 투과성 등이 뛰어난 것이 장점

"폴리실리콘보다 더 효율이 좋은 물질, 그리고 새로운 개념의 판넬과 인버터 등이 있습니다."

"……!"

주인철은 멍한 표정이다.

"실험실 자료를 보면 효율이 33%라고 합니다."

처음부터 91.8% 효율을 가진 걸 꺼내놓으면 확실히 이상하게 생각할 것 같아 아주 오래된 구형 이야길 꺼냈다.

그런데 너무도 놀라는 표정이다.

"저, 정말이요?"

폴리실리콘의 최대 효율을 넘어선 수치이다. 그게 뭔지 심히 궁금하다는 듯 엉덩이까지 들썩인다.

"제가 주인철 씨에게 거짓말을 할 이유가 뭐가 있겠습니까? 안 그래요?"

현수의 시선은 주인숙에게 향했다. 얼른 동의해달라는 뜻이다. 이를 느꼈는지 고개를 끄덕인다.

"아마도… 없겠지요."

"뭔지 궁금하죠?"

현수의 시선을 받은 주인철의 고개가 크게 끄덕여진다.

"네, 알려주실 수 있나요?"

"그건 Y-에너지에 입사하면 알게 됩니다."

궁금하면 500원이라던 어느 개그맨의 말이 떠오른다.

"……!"

둘이 멍한 표정을 지을 때 서연이 들어와 음료를 내려놓고 나갔다.

현수는 사과주스를 한 모금 들이켰다. 그러자 주인철과 주인숙도 얼떨결에 한 모금씩 마신다.

"주인숙 씨는 식당에서 서빙 일을 하신다고요?"

"네! 현재는 그렇습니다."

"이력서를 주시겠습니까?"

"네, 여기……."

인문계 고등학교를 졸업한 것만 기록되어 있다.

"졸업 후, 곧장 늘봄식당에 취업한 건가요?"

"아뇨! 대학에 들어갔는데 돈이 없어서 자퇴했어요."

묻기는 주인숙에게 했는데 대답은 주인철이 한다. 하여 시선을 돌리니 말을 잇는다.

"인숙이는 홍익대학교 디자인학부 1학년 1학기까지는 다녔어요. 갑자기 아버지가 돌아가셔서……."

"학교를 그만둬서 섭섭했겠군요."

"……괜찮습니다."

주인숙은 담담한 표정이다. 하지만 속내는 아닐 것이다.

"우리 회사에 입사하면 대학을 다시 다닐 수 있을 겁니다."

"네? 어떻게요?"

또 주인철이 나선다. 동생의 파릇파릇했던 청춘이 식당에서 썩어가는 게 마음에 걸려서일 것이다.

"회사가 대학원 졸업까지 모든 교육비를 제공하니까요."

"……!"

"주인숙 씨는 특별히 탄력근무를 허가합니다."

"타, 탄력근무요?"

주인숙의 눈이 상큼하게 커진다. 흥미 있다는 뜻이다.

"네! 일주일에 닷새, 하루에 6시간만 근무하면 됩니다. 참, 주말과 빨간 날은 다 쉽니다."

"왜 6시간인 거죠? 보통 8시간 근무 아닌가요?"

좋은 걸 줘도 뭐라는 사람인가 싶어 한번 얼굴을 바라보았다. 근데 그냥 궁금한 모양이다.

"대부분의 직장이 오전 9시에 출근하고, 오후 6시에 퇴근하는 건 아시죠?"

"네. 그렇죠."

총 9시간 중 점심시간을 빼고 8시간 근무라 표현한다.

물론 오후 6시에 칼퇴근하는 직장은 흔치 않다. 밤 10시, 12시까지 야근하는 회사들이 훨씬 많다.

따라서 8시간 근무가 아니라 10시간 이상이나, 12시간 이상을 근무하는 경우도 많다.

밤 10시나 12시에 퇴근했지만 동료들과 술자리를 갖고 헤어졌다 다음날 아침에 또 만나는 일이 반복되고 있다.

어떤 때는 주말도 반납해야 하는 경우가 있다.

돈 벌기 위해 직장을 다니는 게 아니라 직장을 다니기 위해 사는 듯한, 본말이 전도된 듯한 생활이다.

그래서 직장인들의 소원 중 하나가 매일 오후 6시에 퇴근하는 것이다.

이걸 '저녁이 있는 삶'이라 표현한다.

Chapter 02
—
서연의 눈물

"Y─에너지는 오전 10시 출근, 오후 5시 퇴근입니다."

"네?"

둘 다 놀란 표정이다. 앞뒤로 한 시간씩 잘라먹는 회사가 있다는 건 들어본 적도 없기 때문이다.

"오전 10시부터 오후 1시까지 3시간, 오후 2시부터 오후 5시까지 3시간! 그래서 6시간 근무인 겁니다."

"네…?"

둘 다 멍한 표정이다.

"점심식사는 오후 1시부터 2시까지 한 시간이고, 식사는 회사에서 제공합니다. 참! 주말근무나 야근은 없습니다."

"……!"

"다만 현장직은 현장시간에 맞춰 근무하게 될 겁니다. 식대는 별도로 지급되구요."

둘 다 멍한 표정으로 현수를 바라보고 있다.

"주인철 씨는 과장, 주인숙 씨는 대리로 영입하고 싶습니다. 입사하시겠습니까?"

주인철이야 실무경력도 있고 이론도 웬만큼 무장되어 있으니 과장 영입이 말이 되지만 주인숙은 아니다.

고등학교 졸업 후 대학은 한 학기를 다녔을 뿐이다. 1학년이니 교양학부라 특별한 전공지식을 쌓은 것도 아니다.

이후엔 갈비집에서 서빙한 경력이 전부이다. 그런데 대리라니 하는 표정으로 현수를 바라본다.

"……!"

"참고로, 과장 연봉은 7,200만 원입니다. 대리는 6,000만 원이고요. 아! 이건 세전 금액이 아니라 실수령액입니다."

"네에? 지, 진짜요?"

믿을 수 없다는 듯 눈이 튀어나오려 한다. 과장이면 월 600만 원, 대리는 월 500만 원이라는 뜻이다.

둘이 합치면 1,100만 원이다. 이 금액이면 채무를 갚아나갈 수 있으며, 어머니가 힘든 식당 일을 하지 않아도 된다.

그렇기에 사실인지 말해달라는 듯 눈이 커져 있다.

"그럼요! 그리고 주거가 제공됩니다."

"주, 주거를 제공해요?"

이건 대체 뭔 소리인가 하는 표정이다.

"이 부근에 회사 소유의 아파트가 있어요. 입사하면 그걸 쓰실 수 있습니다."

"……!"

"이력서를 보니 어머니가 계시는군요. 3인 가족이고, 주인철 씨의 사번은 00002번, 주인숙씨는 00003번이니 특별히 60평형 아파트가 배정될 겁니다."

"네에……?"

둘 다 이걸 믿어야 할지 말아야 할지 갈피를 못 잡는 표정이다. 그러거나 말거나 현수의 말은 이어졌다.

"23층 중 21층이라 한강이 잘 보일 겁니다. 전용면적은 51.2평이고, 방 4개, 욕실 2개인 구조지요."

한강변에 있더라도 아파트 가격이 모두 같은 건 아니다. 한강이 보이느냐의 안 보이느냐의 여부에 따라 1억 원 이상 차이가 난다.

그중 제일 나은 것이라는 뜻이다.

"그리고 직원이 되면 모든 의료비를 제공받습니다. 일종의 실비보험이라 생각하면 됩니다. 본인과 직계가족, 그리고 친부모와 처가부모가 대상입니다."

"끄응…!"

주인철은 낮은 침음을 냈고, 주인숙은 얼른 주변을 둘러본다. 혹시 몰래카메라가 있는 건 아닌가 싶었던 것이다.

"궁금한 거 있으신가요?"

"바, 방금 하신 말씀 전부 사실인가요?"

주인철과 주인숙은 현수의 입만 바라본다. 진실을 읊어달라는 뜻이다. 이에 싱긋 웃음 지었다.

"물론입니다. 없는 말을 지어내는 성품이 아니라서요."

"헐…!"

주인철은 소파에 털썩 등을 기댄다.

"오빠…!"

주인숙은 오빠를 바라보며 얼른 '저희를 채용해 주셔서 고맙습니다' 라는 말을 하자는 표정을 지어 보였다.

"정말 저희를 직원으로 채용하시는 거죠?"

주인철의 말에 현수는 고용 계약서를 내밀었다.

"그럼요! 이걸 찬찬히 읽어보십시오."

현수는 둘만 남겨놓고 밖으로 나갔다.

예상대로 서연이 기다리고 있었다. 그런데 표정이 심상치 않다.

"서연 씨! 내게 무슨 할 말 있는 거지?"

"네, 대표님!"

서연이 갑자기 그윽한 눈빛으로 현수를 바라본다. 그러더니 허리를 직각으로 접는다.

"정말 고맙습니다."

"······?"

"정말 사랑합니다. 사랑합니다. 사랑합니다."

계속 고개를 조아리며 같은 말을 반복한다.

"뭔 일 있어?"

"흐흑! 정말 고맙습니다. 대표님 덕분에······."

조금 전, 서연은 어머니로부터 문자를 받았다.

우리 딸, 네 덕분에 외할머니가 간이식수술을 받게 되었어. 고맙구나. 사랑한다!

이모와 고모, 그리고 외삼촌도 다들 고맙다고 해!

깜짝 놀라 전화를 거니 시골에 계시던 외할머니의 간경화가 심한 상태였다는 말을 하셨다.

병원에서는 이식 외에는 방법이 없었다고 한다.

다행히 작은이모가 간을 공여하겠다고 나섰지만 너무 많은 비용이 드는지라 선뜻 수술하자고 할 수 없어 차일피일 미루는 상황이라 하였다.

서연네는 물론이고 고모와 이모들, 그리고 외삼촌까지 모두 빠듯한 생활이었기 때문이다.

서연은 Y—엔터 전속계약금 21억 원 중 15억 원을 어머니 계좌로 송금했다. 그러곤 다음과 같은 문자를 보냈다.

엄마! 회사에서 전속금 받았어요.^^

이 돈으로 고모, 이모, 그리고 외삼촌에게 신세진 것 갚으셨으면 좋겠어요. 남는 건 엄마, 아빠 뜻대로요.^^

제 걱정은 마세요. 그래도 6억 원이나 남아 있어요.

— 예쁜 딸 올림

다이안 멤버들이 전속금 21억 원을 받은 건 많은 이들이 아는 사실이다. 홍보차원에서 보도자료를 뿌렸던 것이다.

많은 연예인들이, 특히 다른 아이돌들이 부럽다는 표정으로 바라보지만, 다른 연예기획사들은 경계의 눈빛으로 살피는 중이다. 계약만기가 다가온 연예인들이 재계약서에 쉽사리 도장 찍으려 하지 않기 때문이다.

어쨌거나 서연에겐 고모 1명, 이모 2명, 그리고 외삼촌 1명이 있다. 고모는 치킨집, 큰 이모는 미장원, 작은이모는 분식집을 운영한다. 모두 청주 시내에서 장사하고 있다.

외삼촌만 시 외곽 시골집에서 외할머니를 모시면서 농사를 짓고 계신다.

다들 넉넉하진 않지만 형제간의 우애를 잃지 않았고, 서연네가 어려울 때마다 도움의 손길을 베푼 바 있다.

참고로, 서연의 부모님은 청주에서 인쇄소를 운영하는데 경영난 때문에 곤란한 생활을 하던 중이다.

청주는 32평짜리 아파트가 약 3억 원이다. 그래서 각각 집한 채씩 가졌으면 하는 마음으로 15억 원을 보낸 것이다.

연예인으로 성공하면 부모에게 집을 사주는 것이 꿈이었는데 초과달성하게 되어 기분 좋아했다.

서연의 아빠는 생각지도 않던 목돈이 들어오자 서연의 의도를 물었다. 그러곤 형제들을 불렀다.

각각 2억 5천만 원씩 나눠 갖고, 나머지는 외할머니 간이식수술 및 간호비용 등으로 쓰라고 외삼촌에게 주셨다.

이런 결정을 한 후 서연에게 문자를 보냈던 것이다.

외할머니의 건강이 좋지 않다는 것만 알았을 뿐 이식수술을 받아야 할 정도인지 몰랐던 서연은 깜짝 놀랐다.

다이안이 해체된 후 침울해하는 상황이라는 걸 알기에 서연에게 알리지 않았던 것이다.

"대표님! 정말… 덕분에 할머니가…… 흐흑! 흐흐흑!"

말을 하다 말고 감정이 북받쳐 어깨를 들썩이며 흐느낀다.

예쁜 얼굴에 굵은 눈물이 볼을 타고 스르르 흘러내리는 모습을 어찌 보고만 있겠는가!

툭, 툭, 툭, 툭!

진정하라는 뜻으로 등을 다독였다. 그런데 위치를 잘못 잡았다. 하필이면 브래지어 후크가 있는 부위였던 것이다.

그래도 위치를 바꿀 수 없어 말없이 다독이는데 스르르 안겨온다.

"대표님! 흐흑! 고마워요, 정말 고마워요. 흐흐흑!"

'끄응…!'

현수는 얼른 어깨를 잡으며 소리 없는 침음을 흘렸다. 품속의 서연을 밀어낼 수 없는 상황인 때문이다.

"흐흑! 흐흐흑!"

서연의 흐느낌은 제법 길었다. 입고 있는 셔츠가 흠뻑 젖을 정도로 많은 눈물을 흘렸다.

"대표님…! 정말……."

"저기, 서연 씨!"

"네, 대표님!"

"미안한데 내가 화장실이 좀 급해."

"네? 아! 알았어요."

서연이 떨어져 나가며 흘린 눈물을 닦아낸다.

그러곤 흐트러진 머리카락을 정돈했다. 사내의 마음을 홀리는 고혹적인 모습이지만 애써 시선을 거뒀다.

용무도 없던 화장실을 다녀왔음에도 서연은 문 앞을 떠나지 않고 있었다. 그나마 다행인 건 진정되었다는 것이다.

"대표님! 정말 감사드려요. 은혜 잊지 않을게요."

"그, 그래!"

꾸벅 허리를 숙인 서연이 숙소로 올라간다.

"휴우우~!"

현수는 나지막한 안도의 한숨을 내쉬었다.

안에 있던 주인철과 주인숙이 밖으로 나오다 서연을 안고
있는 모습을 보게 되면 변명할 말이 없기 때문이다.

"고용 계약서는 다 보았나요?"
"네! 여기."
둘 다 사인이 되어 있다.
"이제 두 분은 Y-에너지의 사원입니다. 참, 이건 아파트 주
소와 비밀번호예요. 가는 길에 들러서 살펴보세요."
주인숙은 현수가 건네는 메모를 얼른 받아 든다.

한강밤섬아파트 106동 2102호
비밀번호 : 0928

"가보시면 인테리어 공사를 하고 있을 겁니다. 언제 마쳐지
는지 물어보고 때에 맞춰 입주하면 됩니다."
"감사합니다. 정말 감사합니다."
주인철과 주인숙은 여러 번 감사하다는 말을 하며 Y-엔터
사옥을 떠났다.

"도로시!"
"네! 폐하."
"이 옆 여관 어떻게 되었어?"

"은행에서 경매에 넘기기로 결정했어요. 감정가는 130억 3,000만 원에서 시작될 겁니다."

"유찰되면 들어가?"

"급한 일도 없으니 그게 낫겠죠? 이 집 아들과 딸들 모두 정신 못 차린 상태니까요."

"경매에 넘어갔는데 아직도 그래?"

"네! 신용카드 사용내역을 보니 큰아들은 이틀 전에 단란주점에서 122만 6,000원을 썼어요. 작은아들은 과천 경마장 ATM에서 350만 원을 뽑았구요."

홍청망청 마셨고, 경마로 생돈을 날렸다는 뜻이다.

"큰딸은 백화점에서 72만 원짜리 구두를 샀어요. 작은딸은 피부과에서 125만 원짜리 시술을 받았구요."

여전히 된장녀 소비성향을 가진 모양이다. 이 집은 아들이나 딸이나 정신 못 차리긴 마찬가지라는 뜻이다.

"두 번 유찰되면 83억 3,920만 원에서 시작되니까. 잘하면 84억이나 85억 정도에 살 수도 있어요."

"알았어, 기다려 보지."

"넵!"

"Y—에너지 법인주소는 어디로 되어 있지?"

"일단 이 건물 지하실로 했어요."

"그래? 그럼 Y—코스메틱과 Y—스틸 본사 사무실도 같은 주소로 해서 법인을 만들도록 해."

"네! 주효진 변호사에게 연락할게요."

"고문 변호사 계약은 한 거지? 연봉은?"

"당연히 계약했죠! 연봉은 3억 6천만 원으로 했어요. 공덕동 변호사 사무실은 유지해도 좋다는 조건이에요."

Y—그룹에서 필요로 하는 일을 처리하면서 외부로부터 사건 수임을 할 수 있도록 해주었다는 뜻이다.

"잘했네. 근데 주 변호사가 너무 바쁜 거 아닐까?"

"변호사가 바쁜 게 아니라 사무장이 바쁜 거죠."

"그게 그거 아닌가? 김승섭 변호사는 어때?"

현수의 국적 회복을 수임했다가 바뀐 지문 때문에 불허되자 그간 사용한 실비를 제외한 나머지를 깨끗하게 돌려준 양심적인 변호사이다.

"수임된 사건이 그렇게 많은 건 아닌 것 같아요. 주위 평판은 나쁘지 않구요."

"그래? 그럼 그분도 Y—그룹 고문변호사로 초빙하는 걸 고려할 테니 면밀히 살펴봐."

"네! 알겠어요. 그나저나 신수동 땅을 조금 확보할 수 있을 거 같아요."

"그래? 얼마나?"

흥미가 돋는다는 표정으로 물었다.

"일단 1만 5,000평까지는 가능할 듯싶어요."

"어떻게 해서 그런 거지?"

도로시는 지극히 논리적이고 이성적인 존재이다. 그런데 애초의 계산이 틀렸다는 말과 같기에 물은 말이다.

"우리가 매입하는 부지 바로 옆에 종교시설이 있어요. 그건 매입대상으로 전혀 계산하지 않았던 거죠."

현수는 크게 고개를 끄덕였다. 당연하다 생각한 것이다.

"그렇겠지. 그런데?"

"천지건설 직원들이 Y-인베스트먼트 명함을 들고 다니면서 인근 부동산을 매입하니까 그쪽 관계자가 먼저 땅을 사지 않겠느냐고 물어왔다 해요."

"그래? 근데 그거 문제없겠어? 종교시설의 주인은 신자들이지 성직자가 아니잖아."

"건물이 심하게 낡아서 새 성전을 지으려고 길 건너편에 적당한 부지를 사놓았다고 하더군요."

"그래서 자기네 걸 비싼 값에 팔고 이사 가겠다는 거지?"

뭔 소린지 확실하게 이해가 된다.

"네! 시가의 200%를 요구한다고 해요."

"시가의 2배를…? 일단 지도 띄워봐."

"넵!"

*　　　　　　*　　　　　　*

현수의 눈앞에 신수동 일대의 지도가 떴다.

"여기 이겁니다."

붉은 점이 종교시설을 가리킨다. 3차원 영상으로 현재의 모습을 보여주는데 확실히 오래된 건물이다.

"이 건물의 준공은 1965년이에요. 51년이 조금 넘었지요. 부지 면적은 432.5평이에요."

"이것 때문에 이쪽 집들은 계산에 안 넣었던 거지?"

종교시설 너머 주택단지를 가리켰다.

"네! 맞아요. 이걸 못 사면 그쪽은 건축이 어려우니까요."

"근데 시가의 200%는 무슨 근거인 거지?"

"제가 판단하기엔 일종의 알박기인 거죠."

"알박기…?"

"알박기는 개발 예정지의 땅 일부를 먼저 사들인 뒤 사업자에게 고가로 되파는 부동산 투기수법이죠."

"우리가 용지의 소유권 100%를 확보하지 않으면 개발사업을 진행할 수 없다는 점을 종교단체가 악용하는 거네."

"맞습니다. 현재로선 그렇게 판단돼요."

"이걸 사면 부지가 얼마나 더 늘어난다고? 종교시설과 이쪽 주택단지들을 전부 다 사면 2,980평 가량 늘어나요. 그러면 1만 5,002평이 되죠."

"흐음! 2,980평이라. 일단 애초의 계획을 표시해 봐."

"네, 여깁니다."

종교시설과 일부 주택단지를 제외한 부지의 모양은 찌그러진 사각형 모양이다.

"굳이 비싼 돈 주고 살 필요는 없을 것 같은데? 근데 여긴 왜 포함이 안 된 거야?"

현수가 지적한 곳은 다른 도로와 접하는 부지들이다.

"여긴 관공서예요."

붉은 선이 점멸되는 부지는 길쭉한 사각형이다.

"그래? 이걸 사들이면 여기도 살 수 있는 거지?"

현수는 관공서 좌측 건물들을 가리킨다.

"네! 그럼 3,098평이 늘어나서 총 1만 5,120평이 되요."

"보니까 이 건물도 엄청 낡았는데 길 건너편 부지를 사들여서 비슷한 규모로 신축해주는 건 어떨까?"

"관공서를요?"

"그래, 종교시설을 2배 주고 사는 것보다는 낫지 않을까?"

관공서 길 건너편 땅을 사서 거기에 건물을 지어주어도 종교시설에서 달라는 돈보다는 적을 듯싶다.

현수는 사옥부지가 늘어나서 좋고, 관공서는 돈 안 들이고 번듯한 새 건물에 입주할 수 있으니 서로가 이득이다.

따라서 불가능한 일은 아닐 것이다.

그렇게 될 경우 유리한 점이 또 하나 있다. 다음은 서울시의 용도 지역에 따른 건폐율과 용적률이다.

용도	지역구분	건폐율	용적율
주거 지역	2종 일반주거지역	60% 이하	200% 이하
	3종 일반주거지역	50% 이하	250% 이하
	준주거지역	60% 이하	400% 이하
상업 지역	근린상업지역	60% 이하	600% 이하
	일반상업지역	60% 이하	800% 이하

현재 상태로 사업을 진행하면 부지 전체가 2종 또는 3종 일반주거지역이나 잘해봐야 준주거지역이 될 확률이 높다.

관공서를 새로 지어주면서 협상을 잘하면 일반상업지역까지는 아니지만 적어도 근린상업지역 정도는 지정받을 수도 있을 것이다.

준주거지역과 근린상업지역을 비교해 보면 용적율이 200%나 차이가 난다. 부지면적이 1만 5,000평이라면 바닥면적을 3만 평이나 더 늘릴 수 있음을 의미한다.

일반주거지역과는 비교 자체가 안 된다.

팔겠다고 나선 종교시설을 택하지 않고, 어쩌면 성사되기 어려울지 모를 관공서를 선택한 이유가 이것이다.

어찌 도로시가 이를 모르겠는가!

"폐하의 의견이 매우 타당하네요. 종교시설 매입보다 확실히 나아요."

도로시는 현수가 종교를 탐탁지 않게 생각한다는 걸 잘 알고 있다. 그렇기에 즉각 대답한다.

"한번 알아보라고 할게요."

"그래! 그리고 종교시설도 팔겠다고 하면 산다고 해. 다만 현 시세 이상은 줄 수 없다고 하고."

"당연하죠! 저도 알박기는 못 보는 성질이랍니다."

"아파트도 못 준다고 해."

"네, 알았습니다."

현수가 고개를 끄덕일 때 도로시가 현관 상황을 눈앞에 띄워 보인다.

"폐하! 김인동 씨, 당도했어요."

Y—엔터 빌딩엔 사각 없는 CCTV가 설치되어 있다. 연예기획사이고, 다이안의 숙소가 있으니 당연한 일이다.

침입자가 나타나면 그 즉시 계단이 차단된다. 스테인리스 셔터가 빠른 속도로 내려가는 것이다. 계단의 창문은 방범을 위한 철창이 설치되어 있어 뛰어내릴 수 없다.

동시에 도보로 5분 거리에 있는 파출소로 연락이 간다. 뿐만 아니라 보안업체에서도 긴급출동하게 되어 있다.

무단으로 침입하면 도주하기 어려운 것이다.

현수가 있는 동안엔 도로시가 직접 관리한다. 그래서 1층 현관을 밀고 들어서는 김인동의 모습을 보는 것이다.

"알았어! 김인동 씨 신체상태 띄워봐!"

"넵!"

눈앞의 도표가 나타난다.

— 신장 183㎝   — 체중 71.2㎏
— 좌우시력 1.0, 1.0 — 면역지수 46

"흐음! 체중이 조금 늘었군. 면역지수도 올랐지만 아직은 별로네."

"네! 그날 이후 힘든 일을 하지 않았고, 식사량도 늘었지만 면역지수는 금방 좋아지는 게 아니라서요."

"엘릭서를 복용시키면 달라지나?"

"그럼요! 단숨에 90을 넘기게 될 겁니다."

"그나저나 YG—4500은 언제 내려와? 그리고 일본 로또복권은 준비된 거야?"

"그건 아직이요. 아마 모레쯤 내려올 거예요. 원소수집기도 같이 올 테니까 복권도 그때쯤 가능해요."

"알았어."

똑, 똑, 똑—!

"네, 들어오세요."

소리 없이 문이 열리고 김인동이 들어선다.

"아! 김인동 씨, 어서 오세요."

"네! 반갑습니다."

김인동은 말쑥한 양복차림이다. 인물이 훤하다.

"몸은 어때요? 집에는 다녀오셨습니까?"

"네…! 덕분에……. 정말 감사합니다."

지난주에 목포기독병원을 퇴원한 김인동은 남도여인숙으로 가서 본인의 짐을 챙겼다.

그러곤 곧장 인천으로 향했다. 목포엔 더 머물 이유가 없고, 대구로 가면 사채업자들에게 잡힐 것을 알기 때문이다.

인천역에 당도한 김인동은 아내에게 전화를 걸었다.

"여보! 나야."

"네, 여보! 당신, 지금 어디에 있어요?"

"여기? 여긴 인천역이야."

"어…! 인천엔 왜요?"

"나 여기 취직하게 될 것 같아서 한번 둘러보려고."

"취직이요? 정말 잘되었네요. 당신 건강은 어때요?"

"나? 난 괜찮아! 그러는 당신은?"

"전 좋아요. 당신이 괜찮다니 다행이에요."

진심을 담겨 있음이 절절히 느껴지는 대답이었다.

"내가 당신 힘들게 한 거 알아! 이번엔 잘해볼게."

"네! 당신은 뭐든 잘할 거예요."

"그놈들이 행패 안 부렸어?"

사채업자 패거리를 뜻하는 말이다.

"아시잖아요. 저한텐 못 그런다는 거."

5급 공무원이며, 현직 지청장의 딸을 건드리는 간 큰 사채업자는 없을 것이라는 뜻이다.

"그나마 다행이야. 암튼 여기 일보고 이따 다시 전화할게."

"네! 전화 꼭 해야 해요."

"그럼! 이제 연락 끊기는 일 없을 거야. 지금은 공중전화지만 나가는 대로 선불폰 하나 살 거야."

"네! 몸조심하고 휴대폰 사면 번호 알려주세요."

통화를 마친 김인동은 가까운 가게에서 선불폰을 샀다. 그러곤 현수에게 문자를 넣었다.

대표님! 인천공장을 구경하고 싶습니다.

주소를 알려주십시오.

— 김인동 과장 올림

문자를 확인한 도로시는 송림동 공장주소와 용현동에 소재한 아파트 주소를 보내주었다.

김인동은 공장 먼저 찾았다. 이전 주인이 퇴거한 상태라 비어 있어서 둘러보는 덴 아무 지장이 없었다.

이때 문자 하나가 더 왔다. 도로시가 보낸 것이다.

하나는 공장으로 쓸 거고, 다른 하나는 털어낸 뒤 기숙사를 신축할 것이라는 내용이다.

다음으로 찾아간 곳은 인하대학교 앞 아파트 단지였다. 막 입주가 시작된 듯 이삿짐 차량들이 드나들고 있었다.

엘리베이터를 타고 32층에 올라가니 인테리어 공사를 하는 중이다. 작업자는 며칠 걸릴 것이라 하였다.

다만 도장공사가 포함되어 있어 냄새가 날 테니 작업이 끝나도 3일 정도 여유를 주고 이사 들어오라고 했다.

가까운 PC방을 찾아 공장과 아파트의 등기부등본을 열람해 보았다. 둘 다 Y—스틸 명의로 등기되어 있었다.

Y—스틸 법인주소는 서울시 마포구 구수동이다. 거짓말이 아니라는 것이 확인된 것이다.

이후 간석동 인천 로얄호텔로 갔다. 미리 전갈이 있었는지 이름을 대자 곧바로 객실로 안내하였다.

이때는 오후 5시 반쯤이었다.

간단히 샤워를 한 김인동은 아내에게 전화를 걸었다. 기다리고 있었는지 딱 한번 벨이 울리자 전화를 받았다.

"여보! 어디에요?"

"여기? 여긴 인천 간석동에 있는……."

장소를 알려주었더니 늦은 밤에 당도하였다. 대구에서 곧장 출발하여 4시간이나 걸려서 온 것이다.

객실에 들어선 지현은 눈물을 왈칵 흘리는가 싶더니 남편의 몸이 성한지부터 확인했다.

김인동 역시 수척해진 아내를 보고 뜨거운 눈물을 흘렸다.

아내가 저녁을 먹지 않았다 하여 밖에 나가 간단히 식사를 하곤 다시 객실로 복귀했다.

할 이야기가 많아서이다.

김인동은 그간 있었던 일들을 가감 없이 이야기했다.

사채업자를 피해 목포로 갔고, 그곳 공사판에서 일을 했으며, 감기몸살이 몹시 심했다는 것과 처지가 비관되어 허리띠로 목을 맸다는 이야기도 했다.

지현은 그야말로 대성통곡을 하였다.

남편은 죽을 고생을 하고 있을 때 본인은 아무렇지도 않은 듯 출퇴근했다면서 미안하다고 하였다.

김인동의 초췌한 모습이 모성을 자극한 듯싶다.

그 와중에 EM 펀드에서 하인스 킴이라는 사람이 와서 목숨을 구해주었으며, Y─스틸에 스카우트된 것도 이야기했다.

지현은 취업을 축하하는 한편 본인의 임신 사실을 알렸다.

뱃속에 아이가 있음을 알면 남편이 바보 같은 선택을 하지 않을 것이라 생각한 것이다.

김인동은 하마터면 유복자를 만들 뻔했다면서 다시는 그런 생각을 하지 않겠다고 맹세했다.

그러곤 부부만의 행복한 시간을 가졌다.

다음 날, 둘은 공장과 아파트를 둘러보았다.

그러는 동안 근무조건 등도 이야기해 줬는데 뭔가 이상하다고 한다. 아무런 연고도 없는 사람에게 너무 과한 베풂이라는 것이 지현의 의견이었다.

스카우트라곤 해도 겨우 과장급이다.

외국계 회사니 연봉 7,200만 원은 이해할 수 있지만, 그랜저급 승용차와 53평형 아파트를 무상으로 제공한다는 것이 왠지 이상하지 않느냐고 물었다.

혹시 대구지청장인 장인에게 뭔가를 청탁하려는 건 아닌지 확실히 알아봐야 할 필요가 있다는 의견이었다.

이 대목에서 김인동은 고개를 끄덕였다. 지현의 말이 현실적으로 와 닿은 때문이다.

지현은 이틀을 같이 머문 뒤 대구로 돌아갔다. 지금은 공무원을 때려 칠 상황이 아니니 당연한 일이다.

호텔에 머물며 몸을 추스른 김인동은 약속대로 월요일에 이곳 구수동 Y-엔터 사옥으로 온 것이다.

"하하! 네에, 일단 앉으세요."

김인동이 자리에 앉자 냉장고에서 꺼낸 시원한 음료수 캔을 건넸다. 외국에서 해장에 좋다고 소문난 '갈아 만든 IdH'이다. 달달해서 현수가 좋아하는 음료이기도 하다.

"전보다 나아진 것 같네요."

"네! 다, 대표님 덕분입니다."

김인동이 고개를 숙이자 현수는 그러지 말라고 얼른 손을 내저었다.

"에고, 무슨 말씀을…… 자, 이건 고용계약서입니다. 찬찬히 읽어보고 사인하세요."

"네! 알겠습니다."

김인동은 조심스레 고용계약서의 표지를 넘겼다.

이제부터 전문을 천천히 확인해 볼 요량이다.

코에 걸면 코걸이가 되고, 귀에 걸면 귀걸이가 되는 조항이나 피고용자가 일방적으로 불리한 독소조항은 없는지 등을 면밀히 살피려는 것이다.

Chapter 03

사기꾼이 지배하는 세상

"나는 잠깐 나갔다 오겠습니다."

"네, 그러시죠."

현수가 나가자 김인동은 고용 계약서를 휴대폰으로 찍은 뒤 아내에게 전송했다.

꼼꼼한 성품이니 잘 살펴보고 의견을 줄 것이다.

사무실을 나선 현수는 옥상으로 올라갔다. 주변 풍경을 제대로 살펴보려는 것이다.

그런데 크게 볼 것은 없어서 약간은 실망했다.

이때 도로시의 보고가 있었다.

'폐하! 각국 정보기관들이 모두 움직이기 시작했어요.'

'정보기관들이…? 왜? 어디 무슨 일 났어?'

'제가 검은 돈들을 싹쓸이해서 그런가 봐요.'

'그거 벌써 다 끝난 거야?'

'그럼요. 그런 건 식은 죽 먹기지요.'

'수고했네. 꼬리 잡힐 일은 없는 거지?'

'당연하죠. 제가 누군데요. 완벽해요.'

도로시가 당연하다고 하면 정말 당연한 것이다.

'액수가 꽤 되지? 어디가 제일 많고, 얼마나 돼?'

'어째 안 물어보시나 했어요. 세계 1위는 예상대로 지나였어요. 공산당 고위간부들은 물론이고, 기업인들과 삼합회 등이 조세피난처 등 해외에 은닉한 자금의 총액이……'

잠시 도로시의 말이 이어졌다.

국제법상 인정된 국가는 242개국이다.

버뮤다와 버진 아일랜드, 홍콩, 마카오 같은 비독립국을 포함한 숫자이다.

이 중 236개국이 해외은닉자금을 보유하고 있었다.

가난하기로 이름난 부룬디, 중앙아프리카, 니제르, 말라위, 마다가스카르, 감비아공화국 등에서도 해외에 은닉해 놓은 자금이 있었다.

돈 감추는 것이 전 세계적인 현상이라는 것이다. 진짜 믿을 놈 하나 없는 세상인 것이다.

결론부터 먼저 말하자면, 각국의 해외은닉자금의 총합은

무려 36조 8,115억 달러나 된다.

기업 활동을 위해 정상적으로 이체해 놓은 것들은 제외된 것이다. 이를 확인하기 위해 도로시는 각 기업의 최근 20년 자료까지 몽땅 다 뒤져보았다.

불의의 피해자가 발생되지 않도록 확인 또 확인한 것이다.

아무튼 다음은 236개 국 중 해외은닉자금이 1조 달러 이상인 국가들이며, 각각의 규모이다.

한국은 이미 털렸기에 명단에서 제외되어 있다.

순위	국가명	해외은닉자금
1	지나	3조 7,958억 달러
2	러시아	2조 2,337억 달러
3	미국	2조 1,855억 달러
4	일본	1조 8,792억 달러
5	브라질	1조 6,879억 달러
6	쿠웨이트	1조 4,667억 달러
7	멕시코	1조 3,317억 달러
8	인도	1조 2,186억 달러
9	프랑스	1조 2,111억 달러
10	영국	1조 1,658억 달러
11	이탈리아	1조 1,311억 달러
12	말레이시아	1조 897억 달러
13	베네수엘라	1조 119억 달러
합계		**21조 4,087억 달러**

다음은 나라별 마약조직들이 보유한 자금들이다.

이것 역시 1조 달러 이상인 국가들만 표기한 것이다.

참고로, 마약조직의 두목은 물론이고 휘하 조직원들의 계좌까지 몽땅 털렸다.

순위	국가명	마약조직자금
1	지나	2조 7,564억 달러
2	러시아	2조 2,851억 달러
3	미국	2조 2,803억 달러
4	인도	2조 1,911억 달러
5	브라질	1조 9,597억 달러
6	케냐	1조 8,554억 달러
7	멕시코	1조 7,779억 달러
8	이탈리아	1조 6,614억 달러
9	필리핀	1조 5,337억 달러
10	일본	1조 4,968억 달러
11	온두라스	1조 3,333억 달러
12	콜롬비아	1조 2,621억 달러
13	미얀마	1조 1,104억 달러
합계		**23조 5,036억 달러**

이 밖의 다른 나라들까지 포함된 세계 마약조직의 자금 총액은 48조 5,214억 달러이다.

금고에 보관 중인 현금과 도로시가 회수할 수 없던 금괴 등은 제외한 금액이다.

도로시는 전 세계 테러단체 자금도 거둬들였다.

이슬람국가(IS), 하마스, 콜롬비아 무장혁명군(FARC), 헤즈볼라, 탈레반, 알카에다, 라슈카르 에 타이바, 알샤바브, 보코하람 등이다.

이밖에 범죄단체들의 계좌도 털렸다. 마피아, 삼합회, 야쿠자 등 양아치와 깡패새끼들의 것이다.

총액은 13조 1,809억 달러이다.

다음은 정치인과 법조인들의 검은 돈이다. 도로시는 이를 거둬들이면서 혀를 차지 않을 수 없다는 표현을 했다.

전 세계 국가의, 거의 모든 정치인들이 부정한 방법으로 재산을 모아놓았음이 파악된 때문이다.

내친김에 한국도 다시 한번 훑어보았는데 현직은 물론이고 전직 국회의원 중 상당수가 검은 돈을 보유하고 있었다.

물론 사정없이 싸그리 긁어버렸다.

어쨌거나 검은 돈의 총액은 85조 5,413억 달러에 이른다.

나라를 잘 이끌어달라고 맡겼더니 국민들을 속이고 제 잇속만 차린 모양이다.

전 세계 해외은닉자금과 마약조직자금, 그리고 테러단체와 범죄단체자금과 부패 정치인 등의 돈을 합산한 금액은 물경 184조 551억 달러나 된다.

한화로 환산하면 21경 6,402조 7,838억 2,500만 원이다.

이는 2016년 대한민국 예산의 560배 가량 되는 어마어마한 금액이다. 다시 말해 국민으로부터 단 한 푼의 세금도 걷지 않아도 560년간 국가가 존속될 돈이다.

참고로. 서기 918년에 왕건에 의해 건국된 고려는 474년간 한반도를 지배했다. 뒤를 이은 이성계의 조선은 1392년에 개국되어 1910년까지 존속되었다. 약 518년이다.

이들 둘의 합산 기간은 총 993년이다.

이번에 도로시가 거둬들인 돈은 고려와 조선은 물론이고, 그 이전인 고구려와 신라, 그리고 백제시대 내내 단 한 푼의 세금도 걷지 않았어도 국가를 유지시킬 만한 거금이다.

하긴 단 1%의 이자만으로도 2016년의 대한민국을 5.6년간 유지시킬 정도의 돈이니 당연하다 할 수 있겠다.

이 돈은 현재 수천만 번의 교차 송금을 통해 가상은행 인 'The Bank of Emperor'에 얌전히 모셔져 있다.

실체가 없으니 추적이 불가능하고, 이런 은행이 있다는 걸 아는 사람이 없으니 상상조차 못할 것이다.

"얼마라고?"

"184조 551억 달러요. 한화로는 21경 6,402조 7,838억 2,500만 원이에요."

"헐…! 뭐가 그렇게 많아?"

현수는 진심으로 놀라워했다. 꽤 많을 거라고 예상은 했지만 그 예상을 10배 이상 초과한 금액인 때문이다.

"제가 이번 작업을 하면서 느낀 게 있어요."

"뭐지?"

컴퓨터가 느낀다는 표현을 했지만 토 달진 않았다.

"세상이 1%의 사기꾼들에 의해서 지배되고 있다는 걸요."

"1%의 사기꾼이 세상을 지배해?"

"네! 한국의 경우 사회지도층의 90%가 사기꾼이고, 도둑놈이며 협잡꾼이에요. 전체 인구의 1% 정도 되죠."

"그럼, 나머지 10% 사회지도층은 뭐지?"

"90%인 사기꾼들의 농간에 놀아나는 멍청이들이죠."

"하여간……. 쯧쯧쯧!"

현수는 이실리프 제국의 건국기(建國期)를 떠올리고는 나직이 혀를 찼다.

세금 없는 나라, 물가가 말도 안 되게 저렴한 나라를 만들어냈지만 혼자 다스릴 수는 없었다. 이때는 아이들이 어렸고, 아내들은 누구를 다스려 본 경험이 없던 때이다.

몇몇 믿을 만한 수뇌부들이야 직접 임명했지만 그 아래까지는 현수가 임명한 것이 아니다.

문제는 그들이 일선에서 실무를 맡았다는 것이다.

처음엔 간이고 쓸개고 모두 빼줄 것처럼 충성을 맹세했지만 슬슬 제 욕심을 차리려 했다.

모두를 100% 감시할 수 없다는 걸 알게 된 후엔 교묘한 농간을 부려 제 실속을 차리기 시작한 것이다.

　제국엔 인터넷 신문고 사이트가 있다.

　'해결해 주세요!' 라는 이름의 사이트였는데 나라의 기틀을 잡느라 존재는 알았지만 직접 확인하진 못한 곳이다.

　이 사이트를 통해 불만의 목소리 또는 개선책을 제시하는 게시물이 올라오면 그걸 해결하는 부서가 따로 있었다.

　'국민고충처리센타'의 장(長)은 상당한 고위직이다.

　그러지 않으면 해결하기 어려운 일이 많기 때문이다. 현재 한국의 행정자치부 장관 정도의 직위이다.

　어느 날, 모처럼 시간이 난 현수가 우연한 기회에 이 사이트에 들어가게 되었다.

　생각보다 많은 의견이 올라와 있었고 그때 그때 해결해 주어 고맙다는 댓글도 있었다.

　'역시 이실리프 제국'이라는 의견이 많아서 기분이 좋았다.

　하여 흐뭇한 표정으로 찬찬히 읽어보던 중 일관된 불만의 목소리가 보여 자세히 살펴보았다.

　그것은 누가 봐도 마땅히 해결되었어야 할 부조리였다.

　예를 들면, 등산객에게 문화재관람료를 징수하는 것이다.

　국립공원은 국민 누구나 자유롭게 통행할 권리가 있는 곳이다. 그런데 길을 막고 모든 탐방객에게 문화재 관람료를 강요하고 있다.

문화재 보호법 49조는 문화재 소유자가 시설을 공개할 경우 관람료를 받을 수 있도록 해놓았다.

이를 근거로 국립공원 내 사찰 25곳을 포함해 전국 사찰 64곳에서 1인당 1,000~5,000원의 관람료를 징수한다.

문제는 이들이 사찰 방문객뿐 아니라 산에 오르는 일반 등산객들에게도 예외 없이 관람료를 받는다는 것이다.

하여 산적질에 비유할 정도로 국민적 비난이 거세다. 그럼에도 개선되지 않는 것과 비슷한 사례가 있었다.

집중적으로 확인해보니 누군가의 농간이 있었다.

이런 일을 해결하라고 임명된 자들이 사사로운 이익을 취하느라 잘못된 관행을 시정하지 않고 있었던 것이다.

그들은 뇌물의 상납을 통해 조직적으로 사건을 은폐하고, 축소했으며, 무마했다.

그러는 동안 막대한 이득을 취하는 놈들이 있었다. 이들로 인해 수많은 백성들이 쓸데없는 지출을 하여야 했다.

현수는 직접 판관을 파견하여 사실을 확인토록 했다.

그 결과 5,000여명의 관리들이 조직적으로 부패를 저지르고 있음이 파악되었다. 무려 35년이나 지속된 부패로 다들 한 재산씩 모아 거부(巨富) 소리를 들을 지경이었다.

조사하는 부서로 상당히 많은 전화가 걸려왔다. 뇌물을 상납 받은 자들이 나름의 영향력을 발휘하려 한 것이다.

불행히도 이번 사건은 황제가 직접 보고받는 사안이다.

그 결과 추호의 빈틈이 없는 엄정한 재판이 실시되었고, 판결에 따라 처벌을 받았는데 죄질이 나쁜 일부는 참수되어 형장의 이슬로 사라졌다.

이들의 처형 장면은 생방송으로 송출되었고, 모든 재산이 압수되어 피해를 입었던 백성들에게 고스란히 배상되었다.

중간에 영향력을 발휘하여 사건을 무마하려던 공직자들은 받은 뇌물의 1,000배 토해놓는 처벌을 받았다.

현금으로 1,000만 원을 받았거나 그에 상당하는 향응을 받은 자는 100억 원의 벌금형에 처해졌다. 돈이 부족하면 중노동을 시켰고, 하루에 5만 원씩 까주었다.

아울러 본인 및 그 후손의 공직 진출이 150년간 제한되었다. 1세대를 30년으로 잡으면 후손 5대까지 처벌을 받는 것이다. 이를 두고 볼 여자들은 거의 없다.

그렇기에 처벌이 확정되는 즉시 이혼소송이 진행되었고, 재산분할마저 당했다.

그 결과 부정한 행위로 적발된 공직자의 90%가 빈털터리가 되었다. 나머지 10%는 스스로 목숨을 끊은 자들이다.

괜한 욕심을 부리다 인생 자체가 작살난 것이다.

이들이 어떤 일을 저질렀으며 어떤 처벌을 받았는지, 그 후에 어떻게 되었는지 조금의 가감 없이 방송되자 공직사회의 기강이 바로잡히기 시작했다.

그럼에도 불구하고 부정부패 사건은 끊이질 않았다. 하여 죄질에 따른 형량을 대폭 상향했다.

누구든 뇌물을 받아 부정한 일을 저지르면 10,000배를 배상토록 법을 바꾼 것이다.

100만 원의 뇌물을 받았다면 100억 원을 배상토록 한 것이다. 잘못했음을 인정하고 용서를 바래도 제국의 법은 만인에게 동등하며, 추상(秋霜)과 같다.

따라서 걸리면 무조건 거지가 된다.

돈이 없으면 중노동을 시키고, 하루 일당으로 5만 원을 차감했다. 엘릭서와 미라힐 등 좋은 의약품이 너무 많아 꾀병조차 부릴 수 없었으므로 대부분은 죽을 때까지 감옥에 갇혀 있어야 했다.

그제야 죄를 저지르면 처벌받는 게 당연하다는 사회풍조가 형성되었다. 부정부패는 사라졌고 정의가 살아 있는 사회, 상식이 통하는 사회가 되었던 것이다.

이렇게 되기까지 상당히 많은 시간이 걸렸고, 꽤 많은 사람들의 목숨이 사라졌다.

그럼에도 그들을 애도하는 이는 없다. '인간 같지 않은 놈들이 뒈진 거'라는 취급을 당할 뿐이다.

관리에게 뇌물을 바쳐 사사로운 이익을 꾀하던 자들 또한 무사한 것은 아니다. 전 재산 압류는 물론이고, 수용소에 갇혀 죽을 때까지 중노동을 해야 했다.

'공무원에게 뇌물이나 향응을 제공하여 사사로운 이득을 취하려 하거나 부정한 일을 획책한 자는 경중에 관계없이 전 재산 몰수 후 100년 형에 처한다'는 제국의 법 때문이다.

제국엔 가석방이나 사면이 없으니 한번 걸리면 뒈질 때까지 감옥에 있어야 했다.

*　　　　*　　　　*

"흐음! 1%의 사기꾼들은 어떻게 처벌하지?"

현수의 혼잣말이었음에도 도로시가 즉각 대답한다.

"제국의 법에 따르면 모두 사형이죠. YG-4500이 내려오면 즉각 처분하라 명을 내릴까요?"

보아하니 도로시는 부정부패와 연루된 정치인 등의 명단을 완벽하게 확보한 듯하다.

그럴 만한 능력이 넘치게 있으니 당연한 일이긴 하다.

"모조리 제거하자고?"

"폐하께서 기준을 정해주시면 즉각 청소하도록 할게요."

"많다면서."

"네, 엄청 많아요."

"얼마나 되지?"

"50만 명이 조금 넘어요."

총인구가 약 5,100만 명이니 1%면 50만 명 정도가 맞다.

"그걸 다 죽이자고?"

"제거하면 나라가 편안해지고, 시끄러운 일도 일어나지 않습니다."

"끄응! 난 이 나라의 황제가 아니야."

"그렇지만 능력은 있으시잖아요. 그리고 그런 꼴을 못 보시기도 하구요."

도로시는 현수의 성품을 확실하게 파악하고 있다.

"그래도 다 죽이면 너무 시끄러워."

"그럼, 그냥 놔두실 거예요?"

"증거는 다 수집되어 있지?"

"전부는 아니네요."

"뭐야? 부정부패와 연루된 건 어떻게 확인한 건데?"

"100%는 아니라는 말씀이에요. 부족한 0.1%는 추론 및 자금의 흐름으로 파악한 거죠."

"그걸 사법부와 언론에 던져주면 어떻게 될까?"

"그럼, 태산명동서일필[3] 이 될 거예요."

언론에서 시끄럽게 떠들어 대단히 큰 사건인 것처럼 보이겠지만 결국 처벌받는 이들의 숫자가 미미할 거란 뜻이다.

"똥 묻은 개들이 우글거려서 그런다는 거지?"

"똥만 묻었으면 다행이게요? 극히 일부를 제외하곤 모두

---

3) 태산명동서일필(泰山鳴動鼠一匹) : 태산이 떠나갈 듯 요동쳤으나 뛰어나온 것은 쥐 한 마리뿐이라는 뜻으로, 예고는 거창하게 했으나 결과가 보잘것없음을 이르는 말

똥 그 자체예요."

"그 정도야?"

"네! 모두가 한통속이라 서로 봐주기를 할 거예요. 그럼 강력한 처벌이 안 되구요. 오히려 더 큰 부정이 생기죠."

걸렸는데 처벌이 미미하면 점점 더 깡다구가 좋아져서 더 큰 부정을 저지르게 될 것을 뜻한다.

또한 현재의 사법부를 전혀 신뢰할 수 없음도 의미한다.

"흐음! 알았으니 그냥 둘 수는 없고, 놔두자니 찜찜하네."

"제가 검은 돈을 다 긁어버렸으니 돈독이 오른 놈들이 그냥 있겠어요?"

"그럼?"

"본격적으로 부정을 저지를 걸로 예상됩니다."

어느 대권 후보는 아래와 같은 명언을 남겼다.

나라에 돈이 없는 게 아니라 도둑이 많은 거다.

단언컨대 국민이 낸 세금 전액이 투명하게 쓰이는 것은 결코 아니다. 상당액이 부패한 공무원과 관변어용단체 등의 주머니로 흘러들고 있다.

이걸 모르는 언론은 없다.

그럼에도 보도되는 것은 거의 없다. 기자들을 괜히 기레기라 하겠는가! 대부분이 한통속인 것이다.

"흠! 50만 명이나 죽이는 건 조금 그렇지. 전쟁 상황도 아닌데 말이야."

"그럼 그냥 냅둬요?"

도로시의 어투는 심히 도발적이었다.

"죽이지 않고 고통스럽게 만드는 건 어떨까?"

기다렸다는 듯 대꾸한다.

"좋죠! 저는 데스봇 레벨5 이상을 강력히 추천합니다."

"데스봇? 그 이름 참 오랜만에 들어보네."

데스봇(Death-bot)은 한때 이실리프 제국의 죄인들을 처벌하는 데 사용하던 나노로봇의 일종이다.

죽음과 로봇의 합성어로 명명된 이것은 10단계가 있다.

레벨1은 심한 감기몸살에 걸린 듯한 근육통을 준다. 움직이면 더 심한 뼈근함을 느낀다. 백약이 무효하다.

레벨2는 '근육통 + 근(筋) 감소효과'가 있다. 서서히 근육이 줄어들게 만들어 5년 후엔 일어설 수조차 없다.

레벨3는 손가락과 발가락이 잘린 듯한 통증을 하루에 30분간 느낀다. 고통이 시작되는 부위와 시각은 무작위이다.

어제는 오른발가락이 다 잘린 듯한 통증을 느끼고, 오늘은 왼손가락이 잘린 듯하다. 내일은 왼발가락, 모레는 오른손가락, 글피는 왼손가락과 오른발가락인 식이다.

통증을 느끼는 시각도 다 다르다.

어제는 새벽 6시, 오늘은 저녁 10시 반, 내일은 정오, 모레는 아침 10시, 글피는 오후 4시 반 등이다.

통증이 언제 어느 곳에서 느껴질지 알 수 없으므로 두 손과 두 발을 모두 잘라내지 않는 한 피할 수 없다.

레벨4는 레벨3의 고통을 하루에 두 번 겪는다.

이것 역시 간격이 제각각이다.

어제는 12시간 간격, 오늘은 4시간 간격, 내일은 6시간 30분, 모레는 7시간, 글피는 1시간 반인 식이다.

레벨5는 신체가 불에 타는 듯한 작열감을 하루에 30분간 느끼게 한다. 작열감(Burning sensation)은 타는 듯한 느낌의 통증 내지는 화끈거림이다.

참고로, 인간이 느끼는 고통 중 1위가 몸이 불에 타는 고통이고, 2위가 손가락 또는 발가락 절단으로 인한 고통이다.

레벨6는 작열감을 하루에 2번 느낀다.

레벨7은 4번이고, 레벨8은 6번, 레벨9는 8번이다.

마지막으로 데스봇 레벨10은 하루에 12번 느낀다.

이 고통은 마약으로도 전혀 감소되지 않는다.

그리고 체내에 투입된 데스봇으로 인한 것이기에 치료제가 있을 수 없다.

나노로봇을 개발하던 중 연구원의 실수로 제작된 것인데, 우연히 어떤 결과를 내게 되는지 확인되어 한동안 죄수들을 처벌하는 데 사용하였다.

이것이 투입되면 일상생활이 곤란해진다.

레벨1과 2의 효과는 하루 종일이다.

몸이 심하게 아프니 어기적거리면서 돌아다니기는 하겠지만 타인에게 전혀 해를 끼칠 수 없다.

레벨3부터는 아예 집 밖으로 나오질 못한다.

인간이 느끼는 최악의 고통이 언제, 어느 부위로 오는지 알 수 없으니 당연한 일이다.

도로시는 레벨5 이상을 강력히 추천했다.

징역 10년 이상을 선고받은 죄수를 감옥에 가두면서 사용하던 형벌이다.

주로 사기, 강도, 살인 등 흉악범죄를 저지른 자들에게 투여되었다.

도로시가 판단하기에 2016년 현재 대한민국을 이끌고 있는 사회지도층 인사 50만 명 모두가 최하 징역 10년 이상을 선고받을 악질이라는 뜻이다.

"50만 명에게 투여할 데스봇 레벨5가 있기는 한 거야?"

"원소수집기가 내려오잖아요."

"아…!"

만능제작기와 원소수집기가 갖춰지면 못 만드는 것이 없으니 당연한 일이다.

"어떻게 해요? 내려오는 즉시 제작을 시작하도록 할까요?"

"도로시! 전부 다 그 정도인 건 아니지?"

보고서를 통해 데스봇이 투여된 죄수들이 얼마나 큰 고통을 겪었는지 잘 알고 있다. 현존하는 어떤 수단으로도 결코 통증을 경감시킬 수 없었다.

하지만 딱 하나 '신성한 자비(Divine Mercy)'라 이름 붙여진 초강력 진통제 DM만은 고통을 느끼지 않게 해준다.

데스봇은 이실리프 제국에서 약 10년간 사용되었다.

그 후론 그만한 처벌을 받을 만큼 흉악한 범죄가 일어나지 않았기 때문이다.

재고가 쌓이게 되자 다른 나라로 수출되었다.

외국에선 주로 정치범과 경제범, 그리고 사기범들에게 사용되었는데 은닉해 둔 돈을 회수하기 위한 목적이다.

이실리프 제국은 언제나 진실만을 말하게 하는 의자가 있지만 다른 국가엔 그런 것이 없어서 범죄자들이 은닉해 둔 돈을 찾기가 힘들었다.

그런 놈들에게 데스봇을 주입하면 채 이틀이 지나기도 전에 DM를 구입하려는 움직임을 보인다. 이걸 복용하면 24시간 동안은 통증을 느끼지 않기 때문이다.

DM은 오로지 이실리프 제국에서만 제조되며 마약과 동일하게 철저한 관리감독 하에 유통된다.

밀거래가 불가능하다는 뜻이다.

그렇기에 DM을 구입해 간 국가에선 이를 매우 비싼 값이 팔았다. 1알의 가격은 대략 1,000만 원 정도이다.

데스봇의 특징 중 하나는 극심한 고통을 주기는 하지만 여타 질병이 걸리지 않게 하거나 치유하는 효과가 있다.

의료용 나노로봇을 만들다 실패한 것이라 그러하다.

그래서 아이러니하게도 범죄자들이 모든 질병으로부터 해방되어 천수(天壽)를 누리게 되었다.

대신 하루도 빼놓지 않고 극심한 고통을 겪는다.

말로 형언할 수 없을 만큼 고통스럽고, 비명이나 신음조차 지를 수 없을 만큼 아프다.

따라서 살아 있는 내내 매일 1천만 원씩 지출을 해야 하기에 범죄자들의 은닉자금은 빠르게 소진되고, 이는 곧바로 국가 재정수입으로 잡힌다.

범죄자 1인당 1년에 36억 5,000만 원씩이니 1,000명이라면 3조 6,500억 원의 재정수입이 발생된다.

데스봇이 투입된 죄수들은 대부분이 10년 이상 징역형이다.

따라서 1인당 최소 365억 원 정도를 회수하는 효과가 있다. 1,000명이라면 연간 36조 5,000억 원의 수입이다.

죄수들이 돈이 없거나, 지출하지 않으려 해서 데스봇을 쓰지 않으면 그때부터는 지상 최고의 고통을 겪게 된다.

단언컨대 이를 견뎌낸 놈은 하나도 없다.

"레벨5 이상을 투여해야 놈들이 보유한 부동산과 금괴 등을 소모시킬 수 있잖아요."

금융기관에 있는 건 다 거둬들였지만 그러지 못한 게 상당하다는 말이다.

"레벨3이나 레벨4로도 같은 효과를 낼 수 있잖아."

"국민들을 상대로 사기 치던 놈들인데요?"

도로시는 현수가 사기꾼을 얼마나 싫어하는지를 잘 알고 있다. 그렇기에 이런 말을 한 것이다.

"그래도! 레벨1부터 준비해. 전체가 다 그런 건 아니지?"

"그럼요! 악질도 등급이 있잖아요. 그러니 레벨1부터 레벨8까지 등급에 맞춰 준비할 게요."

"DM도 준비하는 거지?"

"당연하죠. 그건 Y—메디슨에서 제조하는 거죠?"

"그래, 그래야지. 참! 민윤서 사장과 연락은 닿았어?"

Y—메디슨은 무조건 민윤서에게 맡기리라 생각하고 있었기에 물은 말이다.

"네! 연락되었어요."

"대한약품은 어떻게 되었지?"

"폐업되었어요. 법원에서 법인 및 본인의 파산신청을 받아들였으니까요."

"법인 청산작업은?"

"그건 할 것도 없어요. 남은 게 없으니까요."

"그럼 거지가 되는 건가?"

"그냥 놔두면 그렇게 되겠지요."

"아이는?"

"아이라뇨? 민윤서 사장에겐 자식이 없어요."

"끄응! 잘하면 자살하겠군."

Chapter 04

—

밤에 만나는 이유

민윤서의 아내 윤영지는 2013년 12월에 사망했고, 하던 사업은 완전히 망했다.

처분 가능한 재산을 모두 정리하여 채무상환에 썼으니 집도 절도 없는 신세가 된 것이다.

이 와중에 자식도 없으니 세상을 살아갈 의욕이 없을 것이다. 그렇다면 자살을 택할 확률이 매우 높다.

얼른 희망을 줘야 한다.

"연락되면 내일이나 모레에 만나자고 해줘."

"그렇지 않아도 내일 저녁에 만나는 걸로 약속을 잡아놨어요. 오후 9시 30분에 길 건너편에 위치한 아리랑힐 호텔 2층

투썸플레이스예요."

"뭐라 하고 오라고 했어?"

"헤드헌터인 척했죠. Y—메디슨이란 제약사를 만드는 데 전문경영인이 필요하다고 했어요."

"C.E.O.(Chief Executive Officer, 최고경영자)로?"

"아뇨! CEO는 폐하시구요. 그 사람에겐 C.M.O.(Chief Marketing Officer, 최고마케팅관리임원)를 제안했어요."

"직책은?"

"부사장이에요."

현수는 고개를 끄덕였다.

"뭐, 그 정도면……. 근데 대한동물의약품도 날아간 거야?"

"그건 진즉에 폐업했죠. 5년 전부터 매출이 제로였어요."

"흐음! 마음고생이 심했겠네."

"배우자 사망 후 급격하게 사세(社勢)가 기운 걸로 보면 사업 의욕을 잃은 것으로 추정돼요."

"에효! 내가 좀 더 일찍 올 걸."

"그러게요. 잘 다독여서 재기하게 만드셔야죠."

"아무래도 그래야겠지? 근데 제약사를 만든다고 하니 오겠다고 한 거야?"

"아뇨! 고 윤영지의 동생인 윤미지도 근무력청색경화증에 걸린 상태예요."

"윤 여사의 동생도…?"

윤영지의 영향을 받아 윤미지도 탤런트 생활을 하고 있을 것이다. 그런데 친자매라 유전적인 문제가 있나 보다.

"의료기록을 보니 발병 초기네요."

"예전에 내가 뭘로 치료해 냈지?"

회고록을 뒤져보라는 뜻이다.

"리커버리와 회복포션을 쓰셨어요."

회복포션이야 만능제작기로 만들어낼 수 있다.

문제는 리커버리이다. 마법을 쓸 수 없으니 치료해낼 수 없는 것이다.

"민 사장에게 그에 대해 뭐라 했어?"

"Y—메디슨에서 중증근무력증 개선제를 만들게 될 거라고 했어요. 안 그러면 안 온다 할 것이 뻔해서요."

현수는 고개를 끄덕였다. 민윤서의 성품을 알기에 도로시의 말이 충분히 이해된 것이다.

"흐음! 리커버리가 문제군."

도로시는 현수의 중얼거림이 무엇을 뜻하는지 곧바로 파악했다.

"아닌데요."

"왜 아냐? 나 마법을 못 쓰잖아. 지금은!"

"엘릭서하고 타깃봇으로 치료돼요."

신경이 자극되면 신경말단부에서 아세틸콜린[4] 이라는 화학 물질을 배출하게 된다.

이것이 근막 종판에 위치하는 아세틸콜린 수용체(AchR)와 결합하면서 근섬유가 활성화되고, 그 결과 근수축이 나타나는 것이다.

중증근무력증인 경우는 아세틸콜린 수용체에 대한 자기 항체가 AchR의 기능을 차단하거나 형태를 변형 혹은 파괴함으로써 근수축이 제대로 나타나지 않게 만든다.

항체는 원래 외부에서 유입된 유기물로부터 신체를 보호하기 위한 방어기전이다.

그런데 중증근무력증과 같은 자가면역 질환에서는 신체의 일부를 마치 외부 유기물처럼 오인하기도 하여 자기항체를 생성한다.

현대 의학은 자기항체가 나타나는 기전에 대해서는 아직 명확하게 밝혀낸 바 없다.

이걸 해결해 주는 것이 바로 타깃봇이다.

림프구가 성숙하는 과정에 관여하여 자기항체를 생성하지 못하도록 하는 기능을 가질 수 있다.

원인이 차단되니 당연히 질병이 치료되는 것이다.

---

4) 아세틸콜린(acetylcholine) : 신경 전달물질 중 하나. 신경계 또는 시냅스와 골격근의 운동신경 종판에서 충격을 전달한다

"참! 까먹은 게 있어."

"뭐죠?"

"미국과 이스라엘, 그리고 내전 중인 모든 국가들과 IS내부의 강경파들 파악되지?"

"당연하죠. 10초만 주시면……."

도로시의 말은 중간에 잘렸다.

"특히 미국과 이스라엘의 네오콘과 매파들은 현직뿐만 아니라 전직과 재야인사까지 몽땅 다 파악해 둬."

"전 ? 현직 전부와 재야인사 모두요? 상당히 많을 겁니다."

"50만 명보다 많겠어?"

"그렇게까진 안 될 것……."

도로시의 말은 또 잘렸다.

"그치! 그들에게 투여할 BD봇을 충분히 준비해."

BD봇이란 Brain Death Robot을 지칭하는 것이다.

이게 체내로 들어가면 혈관을 타고 뇌에 도달하는 즉시 모든 전기적 신호를 끊어버린다.

그 결과는 회복 불가능한 뇌사상태이다.

투입된 나노로봇을 모두 추출해 내고 엘릭서를 복용시키지 않는 한 원상복구가 불가능하다.

BD봇 역시 의료용 나노로봇을 개발하던 중 만들어진 실패작 중 하나지만 폐기되지 않았다.

존엄사⁵⁾를 택한 사람들을 고통 없이 보내주는 용도로 쓰인 것이다.

이러한 나노로봇들은 주사로 주입하지 않아도 체내로 투입할 수 있다.

음료수나 음식 등에 섞어서 먹어도 된다.

구강 내 점막은 물론이고 식도, 위, 십이지장, 소장 및 대장의 세포벽을 통해서도 체내로 들어가는 위험성이 있기 때문이다.

크기가 너무 작아서 아무런 통증을 느끼지 않으며, 현존 기술로는 검출 불가능하다.

"네? 다 죽이시려구요?"

"자기 욕심 채우려고 다른 사람들 해치려는 놈들이잖아."

"그렇다고 전부 다는……"

도로시의 말은 또 중간에 끊겼다.

"미국과 이스라엘의 네오콘과 매파는 최우선적으로 하나도 남김없이 모두 제거하도록 준비해. 이건 황명이야!"

"네! 폐하."

거역이 불가능한 지상무고의 명제이니 무조건 따를 수밖에 없다.

---

5) 존엄사(death with dignity, 尊嚴死) : 회복 가능성이 없는 환자에 대해 무의미한 연명조치 등의 의료행위를 중단해 인간으로서 존엄을 유지하면서 자연적으로 죽음을 맞도록 하는 것

"그리고 자살폭탄테러를 획책하는 놈들도 마찬가지야. 역사서를 뒤져서 같은 유형이라면 즉시 제거해."

신차 발표회장에서 배낭 가득 들었던 C4를 터뜨려 많은 사람들이 다치거나 목숨을 잃었던 사건을 상기한 것이다.

그로 인해 지현과 연희의 투덜거림을 50여년이나 들었다. 어찌 잊겠는가!

"아직 어리거나 태어나지 않았을 수도 있어요."

"장차 많은 이들의 목숨을 빼앗을 거잖아. 어리다고 용서되는 건 아니야. 그러니까 태어났으면 BD봇을 사용해."

뇌사상태에 빠지게 하라는 뜻이다. 현수가 나서지 않는 이상 소생 가능성은 0%에 수렴된다.

"……!"

"아직 태어나지 않았다면 그 부모를 확인해서 수태 가능성을 확실하게 없애고. 특히 2066년 7월에 폭탄테러를 가했던 놈의 부모나 조부모는 확실하게 처리해야 해."

50년 후에 자폭테러를 할 놈의 나이는 22세이다. 당연히 아직 태어나지 않았다.

"그 부모도 아직은 어린이일 가능성이 높은데요?"

"그래도 그렇게 해. 이건 황명이야."

많은 사람들을 사상(死傷)케 하는 놈은 태어날 가치조차 없다 판단하기에 단호한 어투와 표정이었다.

"네! 황명 받드옵니다."

도로시는 즉각 인원수 파악에 들어갔다. 황명이라면 무조건 따를 수밖에 없기 때문이다.

그런데 기준이 모호하다.

"테러범들은 알겠는데 강경파들은 기준을 주셔야……"

"전쟁을 획책했거나, 하거나, 전쟁을 주장했거나, 하고 있거나 하는 놈들 전원이야!"

전쟁이 일어나지 않았더라도 그걸 주장했거나, 계획했던 놈들까지 싸그리 제거하라는 뜻이다.

현수의 음성은 단호했다.

"네! 어명을 받드옵니다."

이로서 지구에서 테러와 전쟁이 일어날 확률은 0%에 수렴하게 되었다.

"또 있어."

"뭐죠?"

"디신터봇도 제작해."

디신터봇은 Disintegration + Robot의 합성어이다.

'Disintegration'는 붕괴(崩壞)라는 의미이다.

물리학에선 방사성 원소가 방사선을 방출하여 다른 원소로 변화하는 현상을 뜻한다. 이밖에 소립자가 다른 종류의 소립자로 변화하는 것도 의미한다.

이실리프 제국이 자리 잡고 있을 때 미국에서 내전이 벌어졌다. 이때도 욕심 많은 유태인들이 문제였다.

어쨌거나 그때는 남의 나라 일이기에 강 건너 불구경하듯 했는데 어느 날 핵무기가 사용되었다.

그 결과 많은 사람이 죽었고, 상당한 면적이 오염되었다. 나중에 현수가 신성력으로 정화시키긴 했지만 매우 귀찮았다.

하여 방사성 물질을 분해하는 물질을 만들어냈다. 그게 바로 디신터봇이다.

디신터봇은 방사능 물질 및 핵탄두를 '하인스늄'으로 바꿔놓는 나노로봇이다.

원자번호 146인 하인스늄은 현수가 발견한 물질이다.

자연 상태로는 존재하지 않고, 플루토늄으로 합성하여 만들어지는데 매우 안정적이어서 어떠한 방법으로도 폭발시키거나 연소시킬 수 없는 물질이다.

이밖에 원자번호 144번 '멀린늄'도 있다.

이것 역시 현수가 발견한 것으로 우라늄을 합성하여 제조하는데 매우 안정적이라 폭발하지 않는다.

참고로, 디신터봇은 멀린늄을 원료로 제작된다.

"얼마나 제작할까요?"

"지구의 모든 핵무기들을 제거해. 이것도 황명이야."

"네! 황명을 받드옵니다."

2016년 현재 핵무기를 보유한 국가는 미국, 러시아, 영국, 프랑스, 지나, 인도, 파키스탄, 이스라엘, 이란, 북한이다.

스톡홀름 국제평화연구소에서 발표한 2016년 1월 자료에 의하면 UN상임이사국인 5개국 보유량이 1만 5,065기이다.

이는 전체 보유량의 98%이며, 각국이 은닉해 둔 것을 제외한 숫자이다.

"먼저 핵무기 보유량부터 파악해야겠지?"

"물론이에요."

"위성도 가동되었으니 마음껏 뒤져봐. 그리고 별도의 명이 없어도 준비되는 대로 모두 무용지물로 만들어."

"넵! 명을 받으옵니다."

이 순간 뇌리를 스치는 상념이 있다.

"이거 단순한 유희가 아니게 되었네."

"네? 무슨 말씀이신지요?"

"검은돈 회수하고, 핵무기 없애고, 전쟁광들 제거하라고 명령을 내렸잖아."

"네, 그러셨죠."

"내가 너무 깊숙이 관여하는 것 같아서 말이지. 그냥 다 취소하고 다이안과 몇몇 지인들이나 돌봐주고 말까?"

"네? 조금 전에 황명이라 하셨잖아요."

한번 내린 명령이니 거둬들이지 말라는 뜻이다. 황제의 존엄에 손상이 가는 일임을 일깨운 것이다.

공중도덕은 보는 사람이 없어도 지켜야 하는 것이다.

황제의 권위 또한 마찬가지이다. 스스로 지키지 않으면 누가 우러러 보겠는가!

"……! 그래, 많은 사람들이 고통받는 것보다는 낫겠지. 알았어. 지시내린 대로 수행해."

"네, 알았어요."

왠지 도로시의 대답이 상냥하다. 이 순간에도 인공위성들은 맹렬히 가동되고 있다.

"아! 참 기왕에 나선 거니 하나 더!"

"말씀만 하세요."

"한반도 상공의 인공위성들 청소 준비해."

"무슨 말씀이신지요?"

"한반도를 들여다보는 첩보위성들을 쓰레기로 만들 준비!"

"에? 몽땅 공격하라구요? 쓰레기 엄청 발생되는데요?"

"끄응! 그거 문제네."

현수는 낮은 침음을 냈다.

*　　　　　*　　　　　*

이 시기의 우주에 엄청난 쓰레기가 있다는 것을 잘 알기 때문이다.

수명이 다한 인공위성을 비롯하여 발사 로켓의 파편, 그리고 우주 왕복선에서 떨어져 나온 부품 등 우주공간을 떠돌아다니는 물체 등이다.

크기가 다양한데 지름 1㎝ 이상인 것만 60만 개 이상이고, 10㎝ 이상인 것도 2만 3,000여 개가 있는 걸로 파악하고 있다.

인위적으로 만들어진 쓰레기들은 우주에서 자연적으로 발생하는 운석의 수를 훨씬 능가하고 있다.

그리고 빠른 속도로 위성과 충돌할 위험성을 항상 내포하고 있어서 문제가 되고 있다.

실제로 2001년 3월 14일 지구 궤도 내의 우주공간에서 발생된 긴박한 상황이 발생되었다.

국제우주정거장(ISS)과 도킹상태에 있던 우주왕복선 디스커버리호에 '어떤 물체가 빠른 속도로 접근하고 있다' 라는 비상경보가 울렸다.

NASA는 그 충돌을 피하기 위해 길이 52m, 무게 115t의 거대한 우주정거장의 자체로켓을 점화시켰다.

궤도를 수정하게 한 것이다.

사전에 정해진 궤도로만 움직이게 되어 있던 우주정거장으로서는 매우 이례적인 일이었다.

NASA를 긴장시켰던 이 비행물체는 앞선 3월 11일에 우주정거장을 만들기 위해 우주 비행사가 유영을 하던 중 실수로 놓쳐 버린 15㎝ 크기의 공구였다.

"폐하! 초창기 모델이라도 카헤리온을 제작하기 전까진 그러지 마시죠."

"그래, 그래야 할 것 같다."

현수는 고개를 끄덕일 수밖에 없었다.

이실리프 제국이 나라의 기틀을 다져나갈 무렵 상당히 많은 나라에서 스파이들을 보냈다.

그럼에도 모든 작전이 수포가 되자 첩보위성으로 영토 곳곳을 들여다보았고, 무차별적인 감청을 실시했다.

특히 '카헤리온'을 제조해 내는 공장을 집중적으로 뒤졌다.

무적이라던 F—22를 파리 잡듯 작살내는 '창공의 제왕'이라 그랬던 모양이다.

이에 분노를 느낀 현수는 12대의 카헤리온을 띄워 제국 상공의 타국 위성들을 모조리 쓰레기로 만들었다.

그러곤 다음과 같은 성명을 발표했다.

어떤 이유로든 이실리프 제국의 하늘을 허락 없이 침범하면 그에 상응하는 보복을 당하리라!

이를 우습게 알았는지 미국과 영국, 그리고 프랑스가 새로운 첩보위성을 띄웠다.

현수는 즉각 카헤리온 편대를 급파하였다.

출격했던 카헤리온이 지상으로 돌아올 때, 그것들의 꼬리
엔 세 나라의 통신, 방송, 기상, 지상 및 해양 관측, 과학 관
측, 군사, 첩보 등 모든 종류의 위성들이 다닥다닥 붙어 있었
다.

카헤리온이 강력한 전자석으로 인공위성은 물론이고 우주
쓰레기까지 모조리 달고 내려온 것이다.

이후에도 이실리프 제국은 카헤리온을 출격시켜 우주 쓰레
기들을 수거했다. 약 6,500여 톤이나 되었다.

이 일이 있은 이후 미국, 영국, 프랑스 등은 위성을 쏘아 올
릴 때마다 이실리프 제국에 사전에 그 사실을 통보했고, 가급
적 제국의 상공을 지나는 궤도는 피했다.

이실리프 제국은 144개의 카헤리온 우주편대를 운용한
다.

이들의 임무는 24시간 우주를 초계[6] 하면서 혹시 있을지
모를 외계의 공격으로부터 지구를 지킴과 동시에 우주로부터
쏟아져 오는 운석 등을 사전에 제거하는 것이다.

지구의 하늘을 36개 구역으로 분할하여 각 구역마다 4개
편대를 배치하였는데, 1개 편대는 3기의 카헤리온으로 구성되
어 있었다.

이들은 임무교대를 위해 출격과 귀항을 할 때마다 우주 쓰
_____
6) 초계(哨戒) : 적의 습격에 대비하여 망을 보며 경계함

레기들을 수거했다. 그 결과 지구의 하늘은 1957년 이전의 그것과 비슷해졌다.

1957년 10월 4일에 소련의 첫 번째 인공위성인 스푸트니크 1호(Sputnik 1)호가 발사되었다.

따라서 1957년까지 우주엔 쓰레기가 없었는데 그때와 같아졌다는 뜻이다.

이러한 사실은 우주를 연구하는 과학자들에 의해 널리 퍼져나갔다. 그날 이후 이실리프 제국에 반기를 드는 국가는 없었다.

참고로, 당시의 카헤리온은 마하 6.0으로 비행하며, 항속거리는 무려 10만㎞이다. 워프기능이 있으며, 눈에 보이지도 않고, 레이더에도 잡히지 않는다.

미국이 2025년에 배치하려는 장거리 전략폭격기 B—52의 폭장능력은 31톤이다.

초창기 카헤리온은 이것의 3,225배 정도 되는 10만 톤의 폭탄을 품을 수 있었다.

1대만 출격해도 그 나라의 제공권이 상실되는데, 432기가 한꺼번에 나서면 어떻게 되겠는가!

4,320만 톤의 폭탄은 미국 땅 1㎡마다 약 4.39㎏의 폭탄을 떨구는 것과 같다.

참고로, 미군의 세열수류탄 M67의 무게는 0.39㎏이다.

이게 폭발하면 5m 이내인 78.5㎡는 치명상을 피할 수 없고, 15m까지 살상된다.

4.39는 0.39의 11.25배에 해당된다.

1㎡당 수류탄 11.25개가 터지면 개미 한 마리, 바퀴벌레 한 마리도 살아남을 수 없다. 완전한 몰살이며, 멸망이다.

그래서 이실리프 제국을 두려워하면서도 존경했다.

건드리거나 도발하지만 않으면 타국의 일에 거의 간섭하지 않기 때문이다.

"그렇다고 위성들을 그냥 놔둘 수는 없죠."

"그럼 어떻게 하자고? 아! 접속만 되면 도로시가 제어권을 가질 수 있지?"

"당근이죠!"

"그럼 일단 접속을 시도해 봐."

"넵!"

도로시의 음성은 왠지 신난 것처럼 느껴졌다.

잠시 후, 사무실로 내려간 현수는 김인동으로부터 사인된 고용 계약서를 받았다. 그러곤 공장 내부수리 및 기숙사 건립, 그리고 직원채용에 관한 지시를 내렸다.

사업을 하던 사람이라 금방 알아들었다.

문제는 돈이다.

처음부터 큰돈이 든 통장을 맡기게 되면 본인의 채무상환

등에 쓸 우려가 있다. 하여 일단 법인카드만 주었다.

호텔 숙박비는 도로시가 처리하므로 교통비와 식대 등만 결제되도록 제한이 걸린 카드이다.

김인동을 못 믿어서가 아니다.

사채업자에게 잡힐 경우 카드깡을 당할 수도 있다.

그럴 경우 죄책감 때문에 잠적할 수 있기에 그런 일이 발생하지 않도록 하려는 것이다.

어쨌거나 2016년 4월 18일 월요일이 저물고 있었다. 많은 것이 결정된 날이다.

*   *   *

"처음 뵙겠습니다. 하인스 킴이라 합니다."

"……? 아, 저는 민윤서라 합니다."

민윤서는 전형적인 한국인인 현수가 외국인 성명을 대자 잠시 멈칫한다. 하지만 그 시간은 그리 길지 않았다.

재미교포도 많은 세상인 때문이다.

"방금 한국 사람이라 생각하셨죠?"

현수가 빙긋 웃자 민윤서가 고개를 끄덕인다.

"네? 아, 네에. 재미교포신가요?"

재일동포였다면 하인스 킴이 아니라 무슨 무슨 기무라라고 했을 것이기에 이렇게 말한 것이다.

"교포가 아니라 남아프리카공화국 사람입니다."

또 여권을 꺼내서 보여주었다.

"남아공…! 근데 한국말을 잘하시네요."

"한국어 공부를 했습니다. 여기서 사업을 하려고요."

"아! 네에. 실례했습니다."

민윤서의 나이는 36세일 것이다. 현수보다 5살이 많다.

그런데 40대 중반쯤으로 보인다. 아내를 먼저 보내고, 사업이 망하는 과정에서 스트레스를 많이 받은 모양이다.

측은해 보였지만 지금은 아는 척을 할 때가 아니다.

"와! 근데 정말 어려보이시네요."

1985년생이라는 걸 본 모양이다. 서른하나인데 스물다섯으로 보이니 당연한 반응이다.

"네, 그런 말 많이 들었습니다. 그나저나 이력서 먼저 볼까요? 가져오셨죠?"

"아! 네, 여기 있습니다."

준비해 온 이력서를 펼쳐보니 대학을 졸업한 직후 제약회사 영업사원 생활을 2년 정도 했다. 그러곤 부친으로부터 대한약품과 대한동물의약품을 물려받았다.

영업사원 2년 경력으론 제약회사 운영을 맡을 정도가 못 될 것이다. 그렇다면 부친의 급서(急逝) 때문이었을 것이다.

"바하마 소재한 Y-인베스트먼트에서……."

Y-메디슨의 설립에 관한 이야기를 해주었다.

"…그래서 초강력 진통제부터 시작하려 합니다."

"네? 진통제 시장은……."

민윤서는 본인이 알고 있는 바를 이야기했다.

시중에 판매되는 진통제는 보통 '소염+진통작용'이 함께 있는 것과 '해열+진통작용'이 함께 있는 것으로 나뉜다.

이밖에 경련을 줄여주는 성분이 복합된 진통제도 있다.

크게 나누면 마약성과 비마약성으로 구분할 수도 있다.

마약성 진통제는 코데인, 트리마돌, 모르핀, 펜타닐, 옥시코돈, 하이드로몰폰 등이 있다.

진통제 시장은 항암제 다음으로 큰 규모를 형성하고 있다. 2015년을 기준으로 보면 약 90조 원이다.

이중 대부분이 마약성 진통제와 소염 진통제 시장이다.

그런데 미국의 경우는 마약성 진통제 남용에 대처하기 위해 국가비상사태를 선포하려는 움직임을 보이고 있다.

따라서 비마약성 진통제가 마약성 진통제에 버금갈 효과를 낸다면 어마어마한 매출이 기대될 것이다.

"우리가 개발하려는 건 비마약성이면서 마약성을 능가하는 진통효과를 낼 겁니다. 가장 고통스럽다는 CRPS와 바람만 불어도 아프다는 대상포진과 통풍의 통증까지 완벽하게 잡아낼 겁니다. 말기 암환자의 고통은 물론이죠."

CRPS는 복합부위통증증후군이다.

약물치료는 마약성 진통제, 항우울제, 세포막안정제, 스테로

이드제 등을 사용하는데 뚜렷한 치료제가 없다.

너무 고통스러워서 교감신경과 말초신경을 차단하는 신경 블록시술을 받기도 한다.

이밖에 척수자극기 시술과 약물투여펌프 이식 등을 받는다.

"정말 그런 약을 개발하셨다는 겁니까?"

민윤서는 아무런 장식품도 없는 텅 빈 사무실을 둘러보며 믿을 수 없다는 표정을 지었다.

당구삼년폐풍월(堂狗三年吠風月)이라고 했다. '서당개 3년이면 풍월을 읊는다' 는 뜻이다.

제약회사를 운영하다보니 진통제에 대해 많이 알고 있다. 대한약품에서 복제약[7]을 만들기도 했으니 당연한 일이다.

"이게 화학식입니다."

노트북을 돌려서 화면을 보여주었다. 화학자가 아니라면 알아보지 못할 3차원 결합구조가 보인다.

"이건 전성분이죠."

화면이 바뀌고 '신성한 자비(Divine Mercy)' 라 이름 붙여진 초강력 진통제 DM의 성분표가 나타났다.

대부분 아는 성분이지만 몇몇은 처음 보는 것도 있었으나 그런가 보다 하고 넘겼다.

---

7) 복제약 : 제네릭(Generic), 특허가 만료된 오리지널 의약품의 카피약을 지칭하는 말

"이걸 만들라는 겁니까?"

"우선은 그렇습니다. 진통제 시장부터 진출하고 나서 하나하나 더해가야죠."

"어떤 걸 염두에 두고 계신지요?"

"아무리 많이 먹어도 늘 표준체중을 유지하게 하는 다이어트 보조제와 순식간에 흉터 없이 상처를 아물게 하는 외상치료제가 연구되는 중입니다."

쉐리엔과 미라힐을 뜻하는 말이다.

Chapter 05

—

이 정도면 됐죠?

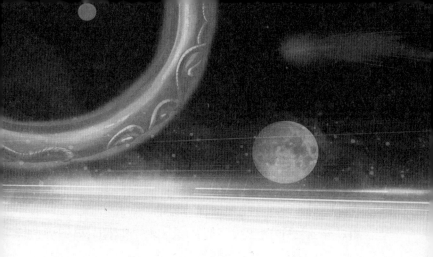

민윤서는 그런 게 어디에 있느냐는 표정을 지었다.

현대인들에게 있어 다이어트는 거의 필수적인 것이다.

정제된 설탕과 고열량 영양식, 그리고 활동량 절대부족 등 이 문제인 때문이다.

그래서 별의별 제품이 다 나와 있는 상태이다. 아마도 살 빠지는 성분을 가진 것들은 거의 다 이용되었을 것이다.

그럼에도 대부분 그 효과가 미미하다.

그중에 조금이라도 더 효과가 있다고 소문이 나면 불티나 게 팔리게 되는데 가격이 저렴한 것도 아니다.

그래서 많은 회사들이 다이어트 보조제를 판매하고 있다.

판매량이 적어도 충분한 이익을 남기기 때문이다.

현수는 분명 '아무리 많이 먹어도'라는 표현을 썼다.

이것부터가 말도 안 되는 표현이다. 많이 먹는다는 건 많은 칼로리를 섭취한다는 것과 같다.

죽을 정도로 고된 노동이나 운동을 하지 않는 이상 인체가 소모하는 양은 일정하며, 그리 많지 않다.

따라서 소모시키는 양보다 많은 칼로리를 섭취한다면 살찌는 게 당연하다.

그럼에도 표준체중을 유지시켜 주는 제품이 나온다면 세상의 돈을 갈퀴로 쓸어 담게 될 것이다.

순식간에 외상을 치료한다는 건 더더욱 믿을 수 없다.

손상된 세포나 조직이 재생되려면 충분한 시간이 필요하다는 건 상식 중의 상식인 때문이다.

게다가 흉터가 안 생긴다고 했다.

현대의학에선 상처가 생기면 흉터가 남는 걸 당연하게 여긴다.

어떻게 관리되느냐에 따라 눈에 보이지 않을 만큼 작게 남을 수도, 반대로 엄청 커질 수도 있다고 설명한다.

상처는 항상 직선으로 생기는 게 아니다. 그보다는 원형, 비정형[8], 피부 결손 상처 등이 대부분이다.

특히 관절, 어깨, 팔꿈치, 무릎 등 피부 땅김이 발생하는 부

8) 비정형(非定型) : 일정한 형태나 형식이 정해지지 아니한 것

위는 흉터 관리가 어렵고, 결과도 좋지 못하다.

그래서 봉합(suture) 실력이 중요하다.

올바른 봉합은 피부와 근육이 층별로 봉합되어야 하고, 적당한 장력이 유지되어야 한다.

아울러 '살짝 바깥으로 튀어나온 듯한 봉합(Version)'이 되어야 한다.

부적합한 봉합은 피부만 봉합하거나 층이 어긋난 봉합, 부족한 장력이 되거나 '안쪽으로 말리는 봉합(inversion)'이다. 이럴 경우엔 예외 없이 흉터가 발생된다.

너무 빨리 외상이 아물게 되어도 자칫 지워지지 않는 흉터가 발생될 수 있다. 봉합이 쉬운 것 같아 보여도 숙련되기 어렵기 때문이다.

어쨌거나 외상을 아물게 하는 의약품도 상당히 많다. 시장은 포화된 상태이고, 새로운 제품을 요구하지도 않는다.

그래서 살짝 과장법을 쓴 것은 아닌가 하는 표정으로 바라보았지만 태연하기 이를 데 없다.

"참! 근무력증 치료제도 개발할 겁니다."

"아! 네에. 혹시 연구소 견학이 가능할까요?"

"현재는 곤란합니다."

"……?"

민윤서는 왜냐고 묻지 않았다. 현수의 눈만 바라보았을 뿐이다. 이쯤 되면 적당한 이유를 대야 한다.

"바하마연구소의 책임자 제임스 나달이 거길 폐쇄하고 한국으로 들어온다고 해서 그렇습니다."

"여기에 연구소를 만든다고요?"

"네! 그래서 연구를 도울 인력이 필요하다고 하더군요. 좋은 사람 있으면 추천해 주십시오."

대한약품 김지우 연구소장을 염두에 둔 말이다.

도로시의 보고에 의하면 김지우는 6개월 급여가 미지급인 상황일 때 회사를 그만두었다.

돈을 못 받아서가 아니라 회사에 부담을 덜어주기 위함이다.

퇴사할 때 김 소장은 민윤서에게 밀린 급여와 퇴직금은 신경 안 써도 된다고 말을 하고 떠났다.

민윤서가 현재 어떤 상황에 처해 있는지 너무나도 잘 알기 때문이었다.

이건 김지우 소장의 온라인 비망록에 기록된 내용이고, 도로시가 알아낸 내용이다.

그 후로 다른 회사에 이력서를 넣었지만 번번이 거절되었다.

첫째는 국내 대학, 그것도 3류 대학 출신인 때문이다. 박사 학위까지 받았지만 아무도 인정해 주지 않았다.

둘째는 나이가 많아서이다.

다른 제약사 연구소장 정도의 나이이니 받아들였을 경우 위계질서에 문제가 발생될 것을 우려한 것이다.

셋째는 대한약품에 재직하는 동안 특별한 성과를 보여주지 못했다 판단했기 때문이다.

대한약품에서 발매했던 모든 제네릭들은 김지우의 노력 덕분에 만들어진 것이다.

허술한 외국 제약사의 성분표만 보고도 똑같이 만들었던 것이다.

김지우 소장은 현재 춘천 외곽의 자그마한 블루베리 농장에서 기거하고 있다.

살고 있던 청파동 집을 팔아 그중 일부로 땅 300여 평을 매입하여 농막을 짓고 홀로 연구를 하는 중이다.

블루베리는 안토시아닌과 프테로스틸벤을 풍부하게 함유하고 있다.

'안토시아닌'은 질병과 노화를 일으키는 활성산소를 중화시키는 역할을 한다.

또한 동맥혈관에 침전물 생성을 억제하여 심장병과 뇌졸중을 방지한다.

아울러, 시력보호 효과가 크고 대장암 유발세포의 형성을 억제한다.

'프테로스틸벤'은 탁월한 항암효과 있으며, 천연항산화 성분을 갖고 있어 대장암, 유방암, 위암, 폐암 등 각종 암 예방에

도움을 준다. 또한 콜레스테롤 저해제와 동등한 효과를 보이면서도 부작용은 없다.

김 소장은 현재 블루베리에 대한 연구에 푹 빠져서 일주일 내내 농막에서 기거하는 중이다.

덕분에 부인과의 사이는 소원(疎遠)해졌다.

살던 집을 처분한 후 작은 빌라에 밀어 넣고는 가정을 돌보지 않고 연구에만 빠져 있는 것이 꼴 보기 싫은 것이다.

"참! 대한약품에 재직하던 직원 중 괜찮은 사람들이 있으면 고용해도 됩니다."

이 대목에서 민윤서의 눈빛이 빛난다.

아내가 사망한 이후 시린 마음을 달래느라 매일 술을 마셨다. 집에 가봤자 반겨주는 이 하나도 없으니 술 마시고 사무실 소파에서 널브러지는 날도 많았다.

그러는 동안 직원들이 하나둘씩 사직서를 내고 떠나버렸다.

돌이켜 생각해 보니 오랫동안 같이 있었음에도 제대로 된 작별인사조차 하지 못했다.

그들은 불경기 때문에 재취업을 못했을 확률이 매우 높다.

"이 근처에 신사옥을 지으려 해요. 하여 당분간은……."

당장은 Y—엔터 사옥을 주소로 사업을 시작할 것이며, 바로 옆 여관 건물을 매입하여 내부수리를 마치는 대로 임시 사옥으로 사용할 것임을 이야기했다.

"공장은 어떻게 하실 건지요?"

"대한약품 공장도 향남제약단지 내에 있었지요?"

"그렇습니다."

"규모가 크다면 그걸 되사거나 매물로 나온 다른 것을 사서 손보면 어떨까 싶어요."

"……대표님은 어떤 걸 원하시는지요?"

"저는 제대로 된 약을 만들 환경만 얻으면 됩니다. 민 사장님이 전문가이시니 잘 판단해 주세요."

"규모는 어느 정도를 생각하시는지요?"

"매물로 나온 것 중 가장 큰 게 어느 정도인지 살펴보시겠습니까?"

현수가 노트북을 건네자 얼른 검색을 시작했다.

"현재 부지 6,900평짜리가 가장 큰 매물로 나와 있습니다. 가격은 100억 원이네요."

"그래요? 거긴 평당 145만 원 정도네요."

"그런 거 같습니다."

민윤서가 고개를 끄덕일 때 현수가 말을 이었다.

"근처에 다른 건 없나요?"

"바로 옆 공장도 매물로 나와 있는데 부지면적은 6,600평이고 95억 7,000만 원에 나와 있습니다."

"이것도 평당 145만 원이군요. 담합인가요?"

"아마 인근 부동산에서 그렇게 책정한 모양입니다."

민 사장은 대한약품 공장이 평당 100만 원에 넘어갔다는 것을 상기하곤 슬쩍 이맛살을 찌푸렸다.

남의 어려움을 악용하는 채권자들이 괜스레 미워진 것이다.

"부르는 걸 다 주고 살 수는 없죠. 두 개 다 트라이해 보세요. 평당 130만 원이면 사겠다고요."

"네? 두, 두 개 다요?"

"네! 합계 13,500평이니 175억 5,000만 원이네요."

민 사장은 멍한 표정이다. 번개처럼 빠른 암산능력 때문이 아니다. 하여 뭐라 하려는데 현수가 말을 잇는다.

"바로 비워주겠다고 하면 계약과 동시에 일시불로 치른다 하세요. 그럼 응하겠지요?"

"네에? 이, 일시불이요?"

누가 부동산을 이런 식으로 매입하는가! 하여 또 한마디 하려는데 이번에도 현수가 치고 들어온다.

"흠! 근데 13,500평이면 조금 작네요."

예전의 이실리프 메디슨은 공장동과 창고동이 각각 3만 평씩이었다. 그러니 작다고 하는 것이다.

"네? 13,500평이 적어요?"

매각된 대한약품 공장은 1,500여 평이었다. 그것의 9배나 되는데 작다고 하니 멍한 표정이다.

"네! 붙어 있는 걸로 매물 나온 거 더 없나요? 나중에 확장할 수도 있으니까요. 한번 자세히 살펴보세요."

"아, 네에, 잠시만요."

민윤서는 번개 같은 손놀림으로 매물들을 살펴보았다.

규모만 봐도 어느 공장인지 대강은 짐작하기에 어렵지 않게 붙어 있는 매물을 발견해 냈다.

"붙어 있는 거로는 두 개가 더 있네요. 하나는 3,650평이고, 다른 하나는 2,150평이에요. 가격은……."

민윤서의 말은 중간에 또 잘렸다.

"그것도 130만 원에 매입할 수 있으면 모두 사세요."

"……!"

도합 19,300평이고 250억 9,000만 원이나 된다. 그런데 슈퍼마켓에서 수박 한 통 사듯 너무도 쉽게 말한다.

"추가로 매물이 나오면 더 사세요. 사용가능한 설비는 별도의 비용을 지불해도 좋습니다."

"……! 대표님, Y─메디슨의 자본금이 얼마나 되는지 여쭤봐야 할 것 같습니다."

돈이 있느냐는 뜻이다. 어찌 뜻을 모르겠는가!

"돈 걱정은 안 하셔도 될 겁니다."

현수의 당당한 모습에 민윤서는 고개를 갸웃거린다. 이쯤 되면 확실하게 인식시켜 줘야 한다.

"Y—인베스트먼트에서 Y—메디슨 설립을 위해 1차 출자금으로 배정된 금액이 1억 달러입니다."

"네? 일, 일억 달러요?"

한화로 1,175억 7,500만 원이다. 그런데 그게 1차라고 한다. 얼마나 돈이 많으면 이럴까?

민윤서는 가만히 있다가 한방 제대로 얻어맞은 기분이 들었다.

"자금이 부족하면 2차, 3차 추가투자가 있을 겁니다."

"헐⋯!"

민윤서가 멍한 표정을 지을 때 쐐기를 박아버렸다.

"Y—그룹은 무차입 경영을 원칙으로 합니다. 그리고 상장도 하지 않을 겁니다. 잊지 마십시오."

"⋯⋯!"

남의 돈은 한 푼도 안 빌리고 사업하겠다는 뜻이다.

"Y—인베스트먼트의 규모가 어떤지 궁금하실 것 같아 살짝 힌트를 드리자면, 현 시점에서 투자 가능한 여유자금은 약 1,000억 달러입니다."

현금으로 117조 5,750억 원이라는 뜻이다.

민윤서의 입과 눈은 더 이상 커질 수 없을 만큼 커졌다.

2016년 3월 26일의 코스피 상위 10종목의 시가총액은 다음과 같았다.

순위	기업명	시가총액
1	삼성전자	186조 8,493억 원
2	한국전력	38조 0,685억 원
3	현대자동차	33조 7,023억 원
4	삼성물산	27조 1,257억 원
5	현대모비스	24조 2,873억 원
6	삼성생명	23조 2,000억 원
7	삼성전자우선주	23조 0,618억 원
8	아모레 퍼시픽	22조 9,450억 원
9	LG 화학	21조 4,056억 원
10	SK 하이닉스	21조 2,213억 원

방금 현수가 말한 금액은 2위부터 5위 기업까지 몽땅 사버릴 정도로 어마어마한 돈이다.

각 기업의 지분 50.1%를 취득하여 경영권을 확보하겠다고 마음먹으면 1위부터 10위까지도 모두 장악 가능하다.

"어때요? 이만하면 무차입 경영 가능하겠죠?"

방금 들은 말은 과장일 것이다!

*   *   *

분명히 많이 삥튀기한 금액일 것이라고 생각했다.

하지만 그것의 10분의 1만 되어도 11조 7,575억 원이다.

백번 양보하여 100분의 1을 잡으면 1조 1,757억 5,000만 원이다. 이는 공장부지 매입 예상가의 47배쯤 된다.

더 많이 양보하여 1,000분의 1을 잡아도 1,175억 7,500만 원이나 된다. 이래도 조금 전에 언급된 공장들을 4번 이상 사고도 남을 돈이다.

민윤서의 고개는 매우 강력하게 아래위로 흔들렸다.

"그, 그럼요. 다, 당연하죠."

어느 누가 사업 이야기를 하면서 1,000배 이상 삥튀기를 하겠는가! 허풍 심한 지나인들도 안 할 짓이다.

허풍에 관한 다음과 같은 우스갯소리가 있다.

허풍 심한 세 사람이 어제 먹은 빵에 대해서 이야기를 나누고 있다.

A : 나는 어제 아침에 버스만큼 큰 빵을 먹었다.

B : 그래? 난 기차만큼 길고 큰 빵을 먹었는데.

C : 뭐야? 겨우 그 정도였어? 나는 삽 가지고 빵을 한참 파먹고 있는데 뭔가 걸리더라고. 그래서 그걸 파 보니까 이정표가 하나 나왔어. 근데 거기에 글이새겨져 있더군.

A : 뭐라고 써 있었는데?

B : 그래, 어서 속 시원히 말을 해봐.

C : 단팥까지 앞으로 4km~!

무차입이 뭔가?

돈 빌려주고 이자 놀이하는 은행들을 꿀꺽 삼킬 수 있다.

다음은 시중은행의 시가총액이다.

순위	은행명	시가총액
1	**신한지주금융**	19조 5,844억 원
2	**KB금융**	11조 8,275억 원
3	**기업은행**	6조 7,338억 원
4	**하나금융지주**	6조 6,160억 원
5	**우리은행**	6조 1,343억 원
합계		**51조 8,960억 원**

보다시피 시중은행들을 두 번이나 사고도 남을 돈이다. 이런 상황이니 은행에서 대출받을 필요가 전혀 없다.

다른 기업들을 집어삼키면서 순식간에 덩치를 키워 또 하나의 재벌로 자리 잡는 것도 어려운 일이 아니다.

민윤서는 괜스레 무서워졌다.

혹시라도 다른 나라의 이익을 위한 앞잡이가 되는 것은 아닌가 하는 생각을 한 것이다.

"자! 이제 민 사장님 처우에 대해 의논해야겠군요. 혹시 원하시는 급여가 있으신지요?"

"……!"

한국에서 말 꺼내기 남세스러운 몇 가지 중 하나가 돈 이야기이다. 하여 민윤서는 아무런 대답도 하지 않았다.

"나중에 아시게 되겠지만 Y—그룹은 임원들에게 주거를 제공합니다. 이 근처에서 제일 넓은 게 60평 형이더군요. 곧 Y—메디슨 명의로 변경될 것이니 일단은 그걸 쓰십시오."

"네…? 60평 형 아파트를 임시로 쓰라고요?"

"임시가 맞습니다. Y—빌딩이 완공되면 펜트하우스 중 하나가 배정될 겁니다. 200평이면 좁지는 않겠죠?"

"헉…! 2, 200평이나요?"

4인 가족이라도 어마어마하게 넓다고 할 텐데 민윤서는 현재 홀몸이다. 얼마나 운동장 같겠는가!

"네! 200평 맞습니다. 그리고 깜박 잊고 말씀 안 드렸는데 아파트건 펜트하우스건 관리비와 전기, 가스요금은 회사에서 부담합니다. 상하수도 요금만 내시면 될 거예요."

민윤서는 아무런 말도 하지 않았다.

자신이 대한약품 사장일 때 임직원을 위해 이런 혜택을 생각해본 적이 있나 반성하는 중이라 그러하다.

이때 현수의 말이 이어진다.

"연봉은 12억 원으로 하고, 계약금은 24억 원을 생각하는데 만족하시는지요?"

"네? 얼마요?"

"연봉 12억 원, 계약금 24억 원입니다."

"저어, 연봉은 알겠는데 계약금은 뭔지요?"

"박찬호 선수가

LA 다저스로 갈 때 계약금 받았지요? 그런 거랑 비슷하다 생각하시면 됩니다."

"끄응!"

민윤서는 나지막한 침음을 내며 털썩 주저앉았다. 이런 조건의 고용이 어디에 있겠는가!

하물며 본인은 실패한 경영자이고, 현재는 빈털터리이다. 하여 고개를 절레절레 흔들었다.

믿을 수 없는 말이라 생각한 것이다.

"차량도 지원됩니다. 어떤 차든 원하는 걸 뽑으세요. 그리고 운전기사도 고용하십시오."

"대체 제게 왜…?"

이해되지 않았기에 이유를 물으려는데 현수가 먼저 말을 한다. 다른 생각을 못하게 하기 위함이다.

"그나저나 이번에 매입할 공장 건물들은 쓸 만할까요?"

"네? 아, 네에. 6,900평과 6,600평짜리는 비교적 쓸 만한데 나머지는 지어진 지 오래된 겁니다."

"부수고 새로 지어야 하나요? 아님 손만 보면 되나요?"

"철근콘크리트 슬라브 구조니까 골조만 남기고 나머진 다시 해야 할 겁니다."

"좋습니다. 헤드헌터에게서 들으신 대로 민윤서 님을 Y—메디슨 CMO로 영입하고 싶습니다."

"……!"

민윤서에겐 아직 익숙지 않은 직위인 듯하다.

"부사장님으로 모시겠다구요."

"대표는 제가 맡지만 제약에 대해 아는 바가 거의 없으니 민 부사장님이 대부분을 결정하셔야 할 겁니다."

"네에."

보아하니 인사권까지 줄 모양이다.

그렇다면 흩어진 옛 직원들을 모두 데려올 수 있을 것이다. 그렇기에 단번에 고개를 끄덕인다.

"Y—메디슨은 현재 저와 민 부사장님뿐입니다. 법인설립부터 공장매입과 직원채용까지 모두 애써주셔야 합니다."

"정말 제 마음대로 직원을 뽑아도 됩니까?"

"네! 전권을 드리지요. 뽑고 싶은 사람은 모두 뽑으세요."

"인원의 제한은 없는 건가요?"

현수는 빙그레 웃었다.

"진통제 시장의 규모가 90조 원 정도 되죠?"

"그렇습니다."

"그거 반만 먹지요. 그럼 직원이 얼마나 필요할까요?"

전 세계 진통제 시장의 절반을 이야기했다.

연 매출 45조 원을 뜻한다. 그걸 소화해 내려면 몇 십 내지 몇 백 명으론 도저히 소화시킬 수 없을 것이다.

"아! 알겠습니다."

"이제부턴 직원들 처우에 관한 이야길 하죠."

"네! 그러시죠."

현수와 민윤서는 밤이 늦도록 대화를 나눴다.

면담을 마치고 돌아가는 민 부사장의 손에는 고용 계약서가 들려 있었다. Y—메디슨 부사장직 제안을 받아들인 것이다.

그의 계좌에는 24억 원이 입금되었다. 계약금이다.

도로시가 파악한 바에 의하면 민윤서의 채무는 약 20억 원이다. 따라서 받은 계약금의 대부분이 채권자들에게 건네지게 될 것이다.

법원으로부터 파산선고를 받았으니 상환하지 않아도 되지만 민윤서의 성품은 그걸 용납하지 않을 것이기 때문이다.

그리고 새로운 직장이 생겼고, 고소득이라는 소문이 번질 경우 채권자들이 쫓아와서 귀찮게 할 것을 저어한 때문이기도 하다.

새 출발을 하는 셈이니 말끔하게 정리하고 싶은 마음도 있을 것이다.

이전의 삶에서 민윤서는 현수와 오랫동안 친분관계를 유지했고, 격의 없을 정도로 가깝게 지냈다.

반면 김인동이나 곽진호는 이번에 처음 만났고, 주인철, 주인숙은 데면데면한 인연이었을 뿐이다.

그렇기에 그들과 달리 고용계약을 하면서 적지 않은 계약금도 주고 높은 연봉을 책정한 것이다.

마땅히 머물 곳이 없다는 걸 알기에 당분간은 도화동에 소재한 가든 호텔에 머물면서 회사의 골격을 갖추게 하였다.

                    *   *   *

"폐하!"

"왜?"

민윤서 부사장을 보내고 잠자리에 들자 기다렸다는 듯 도로시의 쫑알거림이 시작된다.

"혹시 잊으신 거 없으세요?"

"응? 잊은 거? 뭐?"

"돈을 왜 벌려고 하셨는지 생각해 보세요."

"돈을 벌어야 하는 이유?"

"네! 그럼 뭔가 생각나셔야 합니다."

"흐음, 뭐지…? 아! 그거?"

"생각나셨어요?"

"그래! 내 동생이라는 현주 때문이었지. 걘 요즘 어때?"

"일신 어패럴은 결국 망했어요. 사장은 도망갔구요."

"현주는?"

"밀린 월급과 퇴직금은 당연히 못 받았지요."

"끄응! 그럼 어떻게 살고 있어?"

"현재 계좌잔액이 35,125원이에요."

얼마 되지 않던 예금까지 다 빼먹었다는 뜻이다.

"참! 누구랑 같이 있다고 하지 않았어?"

"맞아요. 김인혜와 강은주가 현재도 같이 있나 봐요."

"둘이서 불쌍한 내 동생 곁에서 거머리처럼 빨아먹고 산다고 했지?"

동생은 중학교를 간신히 졸업했고, 얼굴과 팔에 화상으로 인한 흉터가 있으며, 아버지를 돌아가시게 한 뺑소니 현장을 목격하여 실어증에 걸린 천애고아이다.

그런 불쌍한 아이 곁에 둘이나 달라붙어 등쳐먹는다 생각하니 부화가 치솟는다. 하여 현수의 이맛살이 살짝 찌푸려졌다. 하여 뭐라 하려는데 도로시가 먼저 말을 잇는다.

"저도 처음엔 그런 줄 알았는데 아니네요."

"응…? 그건 또 무슨 소리야?"

"주거는 동생분이 제공하지만 식음료, 피복, 의료비는 강은주와 김인혜가 부담하면서 같이 살아온 모양이에요."

"좀 더 자세히 설명해 봐."

"네. 동생 분은……."

잠시 도로시의 말이 이어졌다.

28세인 강은주와 31세 김인혜는 일신 어패럴에서 같이 일한 동료들이다.

둘은 같은 고아원 출신인데 김현주의 흉측한 외모를 보다 못해 성형외과 수술을 받아보라고 여러 번 권했다.

친언니같이 대해주던 둘이기에 현주는 모아놓았던 돈으로 수술을 받았는데 심각한 후유증이 남았다.

무엇이 잘못되었는지 수술 부위에서 진물이 나오는 것이다. 하여 여러 병원을 다니며 이 방법 저 방법을 다 써봤으나 낫지를 않았다.

그러는 동안 상당히 많은 돈이 들었다.

돈이 부족해지자 둘은 월세 보증금을 뺐다. 자신들이 권했는데 잘못되었으니 책임지겠다는 것이다.

결국 강은주과 김인혜가 만리동 지하셋방으로 들어와 같이 살게 되었다. 이때부터 김현주는 병원을 거부했다.

돈도 없지만 병원을 다녀도 소용없음을 깨달은 것이다.

하여 둘이 교대로 현주의 얼굴에서 흐르는 비릿한 진물을 닦아내고 소독을 해주었다.

그러는 동안 솜씨 좋은 강은주가 식사담당이 되었고, 김인혜는 청소와 세탁 및 정리정돈 등을 맡았다.

현주는 이들로부터 음식 만드는 방법 및 살림 사는 법 등을 배웠다.

문제는 일신 어패럴이 망했다는 것이다.

월급을 몇 달째 못 받아 돈이 말라 버린 것도 문제지만 새로운 일자리를 구하는 게 쉽지 않다.

날마다 인근 봉제공장을 찾아가 일자리를 구하려 했지만 불경기 때문에 있는 사람도 내보내야 한다는 말만 들었다.

하긴 지난 2월의 청년실업률은 12.5%였고, 3월엔 11.8%였다. 실업자 기준을 구직기간 1주일에서 4주일로 바꿔 통계를 작성한 1996년 6월 이후 가장 높은 수치이다.

이는 수출부진이 원인이기도 하지만 정부의 친재벌 정책과 무능함이 가장 큰 요인이다.

Chapter 06

—

돈을 벌어야 하는 이유

"보증금이 있으니 두어 달은 버티겠지만 금방 한계상황에 봉착할 듯싶어요."

"박근홍 사장은 지금 어디에 있다고?"

"현재도 서울역에서 노숙생활을 하고 있어요."

"연락은 가능해?"

"아뇨! 직접 찾아가야 해요. 휴대폰이 없거든요."

"끄응! 알았어, 내일 아침에 한번 가보자. 위치나 잘 파악해 둬."

"문제없어요."

현수가 한번이라도 언급한 민주영, 박근홍, 김형윤, 곽진만,

이은정 등은 위성가동과 동시에 실시간 위치파악을 하는 중이다. 행방이 묘연한 박동현은 계속해서 찾는 중이다.

"수술부위에서 나오는 진물은 미라힐과 엘릭서로 치료 가능하지만 원상회복은 어려워요."

"화상으로 인한 흉터를 지우려고 성형수술을 받은 거라며."

"네! 근데 부작용으로 육아종이 생긴 모양이에요."

"육아종? 그래눌로마(Granuloma)?"

매일 밤 자는 동안 다양한 의학지식을 갖게 되는데, 그중 하나였기에 눈을 크게 뜬다. 그러곤 말을 잇는다.

"그거 피부의 염증부위나 상처부위, 또는 이식된 조직이 촘촘하고 단단해져서 생기는 거잖아."

"맞아요! 마크로파지[9] 와 T세포[10] 가 결합하여 공격하고, 섬유아세포[11] 가 증식하면서 촘촘하고 단단해지는 거죠."

도로시는 역시 논리적이다.

"시간이 지나면 인체 내부의 칼슘과 결합하여 뼈처럼 단단해지기도 해요."

---

9) 마크로파지(macrophage) : 생체 내에서 이물이나 세균을 탐식하는 세포. 백혈구 중 호중구와 조직구나 단구가 이에 해당함
10) T세포 : 체내의 이물(異物)로 세포를 죽이며 B세포와 같이 항체를 만드는 면역에 관련된 림프구
11) 섬유아세포(fibroblast, 纖維芽細胞) : 섬유성 결합조직의 중요한 성분을 이루는 세포

"피부조직제거가 이뤄지는 경우 함몰과 흉터가 발생하며, 지방이식을 해도 촉감과 표정이 자연스럽기 어려운 거지?"

"맞아요! 그래서 화상을 입기 전 상태로 되돌리는 방법은 폐하께서 직접 수술하시는 수밖에 없어요."

"내가…? 나더러 직접 수술을 하라고?"

"네! 먼저 DM을 복용시키고 손상된 조직을 모두 제거한 뒤 미라힐 원액을 부으면 재생효과에 의해 완전한 원상회복이 가능해요."

"그렇겠지."

현수는 당연하다는 듯 고개를 끄덕였다.

"근데 지금은 미라힐 원액을 쓸 수 없는 상황이잖아요. DM도 못 쓰고요."

세포 재생효과가 무지막지한 미라힐 원액을 보여주면 의사들 사이에서 난리가 날 것이다.

마치 자신이 줄기세포[12]인 양 손상된 세포와 조직을 채워주는데 육안으로 확인될 정도로 빠르기 때문이다.

게다가 미라힐은 공인된 의약품도 아니다.

따라서 누군가의 시선 앞에서 미라힐을 쓰는 것은 스스로 고난의 구덩이를 파고들어 가는 것이나 다름없다.

---

12) 줄기세포(stem cell) : 여러 종류의 신체 조직으로 분화할 수 있는 능력을 가진 세포, 즉 '미분화'세포. 미분화 상태에서 적절한 조건이 갖춰지면 다양한 조직세포로 분화할 수 있어서 손상된 조직을 재생하는 등의 치료에 응용 가능하다.

초강력 진통제 DM도 마찬가지이다.

알약을 복용하고 불과 1~2분만 지나면 약효가 나타난다.

손상된 피부조직을 박박 긁어내도 전혀 통증을 느끼지 못한다. 마취약을 주사할 필요가 없는 것이다.

현수가 아르센 대륙의 고블린이 사용하는 침(針)에 묻은 독성분을 연구하여 만든 이것은 부작용이 전혀 없다.

이런 걸 의사들이 보면 뭐라 하겠는가!

"그래, 수술도구도 없고, 수술실도 없지."

"에이, 그까짓 게 얼마나 할까요? 어차피 면허를 따실 거니까 미리 만들어둔다 생각하시면……."

"수술실을 미리 만들어 놓으라고?"

"그건 불법이 아니니까요. 어차피 의사면허 따실 거잖아요. 그럼 진료실도 필요하고 수술이나 처치도 해야 하니 이참에 갖춰두시길 권해요."

"그럴까?"

현수는 솔깃함을 느꼈다.

다른 사람은 몰라도 임신중독증으로 고생하는 강연희와 무릎의 퇴행성관절염과 손가락의 류머티즘으로 고통스러운 나날을 보내는 강진숙 여사의 고통을 덜어주고 싶다.

아울러 교통사고로 죽어가는 친구들을 목격한 뒤 정신적 고통에 대한 방어기제로 7세 지능이 되어버린 권지현의 모친 안숙희 여사도 돕고 싶다.

민주영의 마비된 팔도 고쳐주고 싶고, 故 주윤우의 아내이
자 주인철, 주인숙 남매의 모친인 송정숙 여사의 고혈압과 당
뇨, 그리고 고지혈증도 고쳐주고 싶다.

강연희의 임신중독증이야 출산을 하고 나면 고쳐질 질병이
지만 나머지는 현대 의학으론 완치 불가능하다.

하지만 미라힐과 엘릭서, 그리고 클린봇과 의료용 나노로봇
을 이용한다면 제압 가능할 것이다.

이것을 쓰려면 당연히 진료실과 수술실을 갖춰야 한다. 물
론 의사면허까지 취득하면 더 좋을 것이다.

밤마다 수술 동영상의 내용을 뇌리에 새기고 있는 중이다.
배웠으니 써먹을 수 있으면 써야 한다.

"……그렇긴 하네. 알았어, 수술실 하나 만들어보자. 근데
어디에 만들지?"

"Y—엔터 사옥 바로 옆 여관 사들여서 거기에 만들면 되
죠. 의사면허를 딴 후 거기서 병원을 운영하시면 되잖아요."

"의사 노릇도 하라고?"

국적을 회복해도 사회적인 지위가 없으면 업신여김을 당하
거나 홀대당할 것을 저어하여 생각해 낸 것이 의사였다.

하지만 지금은 군이 그럴 이유가 없다.

사회적인 지위보다 훨씬 더 강력한 힘을 발휘할 돈이 있는
때문이다. 아일랜드 데프 잼 레코딩스로부터 들어오는 저작
권 수입만으로도 엄청난 부자라는 소리를 듣게 될 것이다.

예전엔 매년 1조 6,000억 원 정도가 저작권 수입이었다.

이것 모두 이실리프 복지재단에 기부되어 소년소녀가장과 불우한 이웃들을 위해 사용되었다.

어쨌거나 대한민국의 그 어떤 의사도 1년에 1조 6,000억 원을 벌지 못한다. 어쩌면 모든 의사들의 수입을 다 합쳐도 안 될지도 모른다.

인구 1,000명 당 의사수가 2.2명이라는 발표가 있었다. 이를 역산해 보면 의사는 약 11만 2,200명이다.

1조 6,000억 원은 모든 의사들이 1인당 1,426만 원 정도를 벌었을 때의 금액이다. 인턴을 포함한 숫자이다.

그런데 현수의 수입은 그것으로 끝이 아니다.

Y―엔터 및 Y―에너지, Y―스틸, Y―코스메틱, Y―어패럴 등으로부터 어마어마한 금액이 벌릴 것이다.

아마 2016년 현재의 모든 의사들이 평생 번 돈을 다 합쳐도 현수의 수입엔 미치지 못할 것이다.

따라서 굳이 의사 노릇을 할 필요가 없다.

"의사 면허를 땄는데 안 쓰면 손해 아닌가요? 예를 들어 다이안이 무대에서 안무하던 중 발을 삐끗하면 어디로 보내실 건가요?"

"……!"

"한의원에 보내서 침을 맞게 할 건가요? 아님, 정형외과로 보내서 물리치료를 받게 할 건가요? 둘 다 시간 걸리는 거 아시죠?"

"……!"

"지독한 감기 몸살에 걸렸다면요? 그거 제아무리 유능한 의사라도 하루 이틀 안에 치료 못하는 거 아시죠?"

"그렇긴 하겠네."

현수는 순순히 고개를 끄덕였다.

양의학에선 발목을 삐끗하면 응급처치인 'PRICE'를 하라고 한다.

보호(Protection) → 휴식(Rest) → 냉찜질(Ice)
→ 압박(Compression) → 거상(Elevation)

참고로, 압박은 부상 부위의 혈류량을 감소시키기 위함이다. 압박붕대나 압박기능이 있는 발목보호대를 사용한다.

거상(擧上)은 발목을 심장보다 높게 해주는 것이다. 이것 역시 혈류량을 줄이기 위함이다.

이 방법은 도로시의 말처럼 시간이 걸릴 일이다. 침을 맞는 것도 즉효를 보이는 것은 아닐 것이다.

반면 힐 마법은 즉시 원상으로 회복된다.

미라힐을 복용할 경우엔 약효가 부상 부위에 도달할 정도의 시간이 필요할 뿐이다.

제아무리 심한 감기라도 엘릭서 한 병이면 10분도 걸리지 않는다. 이런 걸 어찌 외부에 보이겠는가!

"알았어, 의사 노릇도 할게."

현수는 순순히 고개를 끄덕였다.

"대신 간판은 안 달 거야."

"네에, 그건 폐하의 뜻대로 하세요. 어쨌거나 동생 분은 어떻게 하실 건지요?"

"아파트 사놓은 거 많지?"

"네! 약 450여 채에 대한 매입이 끝나가요."

"헐! 그렇게 매물이 많았어?"

"네! 많더군요."

"그중 방 4개짜리로 하나 골라봐."

"주인철, 주인숙 남매에게 제공하는 아파트 바로 위층에 하나 비어 있어요."

"그거 60평 형이잖아."

"맞아요, 전용면적 51.2평이고 방 4개, 화장실 2개죠."

"흐음! 그건 너무 넓어. 그거 말고 전용면적 25.7평 정도 되는 걸로 두 개 찾아봐."

"그 아파트엔 딱 한 동 있네요. 8층부터 25층까지 모두 매입 완료된 상태예요. 층마다 2가구고요."

"그래? 그럼 인테리어 공사가 끝난 건 몇 층이지?"

"아마 모두 완료되었을 거예요."

"알았어! 그럼 24층 하나는 현주 명의로, 다른 하나는 강은

주와 김인혜 공동명의로… 에이, 아니다! 24층 두 가구는 각각 강은주와 김인혜 명의로 등기해."

동생이 어려움에 처했을 때 도와줬던 사람들이다.

따라서 그만한 보답은 해줘야 하는데 공동명의로 할 경우 나중에 껄끄러운 문제가 발생할 수 있다. 둘 중 하나가 결혼할 경우 재산분할을 해야 하는 때문이다.

"알겠습니다."

"25층 두 가구 중 하나는 내 걸로, 다른 하나는 현주 걸로 등기하고."

"네, 지시대로 하겠어요. 근데 거기서 사시려구요?"

"언제까지 여기에 있을 순 없으니까."

"그럴 바엔 한강이 조망되는 넓은 집으로 가시는 편이…"

"Y—빌딩이 완공되면 그때 가지. 난 혼자잖아. 참, 그거 도면은 어떻게 되었어? 더 좋은 안(案)은 없는 거야?"

"부지매입이 확정되면 그때 하는 편이 나을 것 같아서요. 그래도 원하시면 보여드릴 수는 있어요."

"아냐! 그럼, 됐어. 나중에…, 대신 50층 높이로 설계된 걸 보여줘."

"50층이요?"

"안 될까?"

"왜 안 되겠어요. 바닥면적을 줄이면 되죠."

"그럼 그렇게 해보고, 가급적이면 일반상업지역으로 용도변

경하는 걸 추진하라고 해. 대규모 외국자본의 투자잖아."

"외국인투자촉진법[13] 이 있으니 한번 짚어보도록 할게요."

"그래! 그렇게 해서 일반상업지역이나 중심상업지역으로 지정되면 가능한 넓고 높게 짓겠다고 해. 흐음, 그러기 위해선 사전에 양념을 쳐 놓는 것이 좋겠지?"

"양념이요?"

"그래. Y—그룹 계열사들을 먼저 설립하고 자본금을 빵빵하게 해놓으면 좋지 않을까?"

*　　　　　*　　　　　*

대한민국의 외국인투자촉진법 제18조를 보면 외국인투자지역에 관한 내용이 있다.

② 외국투자가가 일정 기준에 해당하는 외국인투자를 하는 경우 그 외국투자가가 투자를 희망하는 지역

③ 연구개발특구 등 연구개발을 수행하는 외국인투자기업에 전용으로 임대하거나 양도하기 위하여 지정하는 지역

따라서 신수동 부지는 외국인투자지역으로 지정될 수 있으

---

13) 외국인투자촉진법 : 외국인 투자 유치를 촉진하여 국민경제의 건전한 발전에 이바지하기 위해 제정된 법. 외국인이 투자하는 경우 법인세 감면과 관세 면제 등 조세특례제도를 두고 있다.

며, 그 권한은 도지사에게 있다.

그리고 외국인투자지역은 '산업입지 및 개발에 관한 법률'에 따른 산업단지개발을 준용한다.

하여 일반산업단지와 도시첨단산업단지로 개발할 수 있다.

또한, 이미 개발이 완료된 국가산업단지, 일반산업단지 및 도시첨단산업단지의 전부 또는 일부를 외국인투자지역으로 지정할 수도 있다.

"그러니까 폐하의 말씀은 외국자본의 대규모 투자로 보이게 하라는 말씀이신 거죠?"

"그래! 계열사들 자본금이 많으면 많을수록 시장이 외국인투자지역으로 지정할 확률이 높겠지. 안 그래?"

"그렇겠네요. 관공서 부지매입도 쉽겠네요."

"그래, 그러니 Y─어패럴과 Y─모터스, 그리고 Y─코스메틱, Y─스틸, Y─메디슨, Y─트레이딩, Y─에너지 등의 자본금을 빵빵하게 해. Y─엔터도!"

"얼마나 할까요?"

"일단 각각 1억 달러로 하지."

"돈을 들여오는 건 어렵지 않는데 그러려면 근거가……."

갑자기 돈이 증발하는 사건으로 인해 각국 정보기관의 촉각이 곤두서 있는 상황이다.

이런 시기에 적합하지 않다는 걸 지적한 것이다.

"재난 발생 시 풋옵션과 콜옵션으로 돈을 벌 수 있는 방법이 있잖아. 혹시 예정된 재난 같은 거 없어?"

"있죠! 사흘 후 구마모토에서 규모 6.5의 지진이, 닷새 후엔 에콰도르에서 7.8의 지진이 발생해요."

"그래? 또 딴 건? 9.11처럼 특수한 사건 같은 거는?"

"6월 24일엔 영국이 국민투표를 통해 유럽연합에서 탈퇴하는 브렉시트를 확정 짓죠."

"그래! 그거 괜찮네. 그걸 이용해서 한번 뺑튀기를 해봐."

"넵! 식은 죽 먹기죠. 근데 얼마나 벌까요?"

마음만 먹으면 액수까지 조정하는 한 모양이다.

"Y—빌딩을 지으려면 1조 원 이상 필요하겠지?"

"그건 규모와 층수에 따라 다르지요. 참고로 현대자동차가 옛 한전 본사 부지에 신사옥을……."

잠시 도로시의 설명이 있었다.

현대자동차가 구상한 초고층 건물에 대한 설명이다.

약 2만 4,000평인 부지매입가는 10조 5,500억 원이다.

여기에 2021년 완공예정인 지하 6층 지상 105층짜리 빌딩을 지으려 한다. 지하실 면적 포함 총 21만 1,000평 규모이며, 건축비는 5조 5,000억 원 정도이다.

"아시겠지만 건물을 고층으로 올릴수록 건축비가 많이 들어가요. 예전에 보여드렸던 도면으로 지을 경우 총 건축비는 1조 7천억 원쯤 들어갈 거예요."

"그래? 그럼 계열사별 자본금은 1억 달러로 하고, Y—빌딩은 넉넉하게 25억 달러로 하면 될까?"

25억 달러는 약 2조 9,400억 원이다.

"부지를 얼마나 매입할 수 있을지 아직은 알 수 없지만 그
정도면 괜찮을 것 같네요."

"좋아! 그럼 조금 전에 말한 것들을 이용해서 돈 한번 벌어
봐. 에콰도르보다는 일본과 영국이 더 영향력이 클 테니 잘
이용해 보자고."

"네! 이번엔 폐하의 이름으로 할게요."

"내 이름? 왜?"

"그래야 폐하께서 전면에 나서도 의심의 눈초리가 없을 테
니까요. 일단은 아일랜드 데프 잼에서 들어온 폐하의 저작권
료로 조금씩 불려볼게요."

"6월이면 금방인데?"

"두 달이면 충분해요. 제가 누군지 잊으셨어요?"

"아니! 그건 아니지."

지상 최고의 컴퓨터이며, 과거와 현재, 그리고 미래에 발생
될 일들을 꿰고 있다. 평행차원이긴 하지만 예전과 동일한 부
분이 상당히 많았다. 특히 자연의 변화는 거의 동일하다.

따라서 조금 전에 말했던 지진은 그 날짜에 같은 규모로 발
생하게 될 것이다.

"그쵸? 잘 아시죠?"

"당연하지! 참, 아일랜드 데프 잼에서 오는 내 저작권료로

시작한다고 했지? 얼마 안 되겠지만 그걸로 왕창 벌어봐."

현수는 자신이 부른 'To Jenny'와 'First meeting'이 빌보드 차트 1위와 2위에 랭크되어 있음을 모른다.

이에 고무된 아일랜드 데프 잼은 미래에 발생될 저작권료의 일부를 미리 송금했다. 수신자는 하인스 킴이며, 시티은행 계좌이다. 이 돈은 완전히 합법적인 돈이다.

이 돈을 불려서 큰돈을 만드는 건 도로시겠지만 다들 하인스 킴이 대단한 투자능력을 가진 것으로 오해할 것이다.

"브렉시트 결정 당일 영국지수는 4% 하락할 거예요. 독일지수는 더 많이 빠지구요."

"그래?"

"일본과 한국의 증시도 3~7%가 하락하구요. 홍콩과 대만, 그리고 상하이 지수도 큰 폭으로 하락하게 돼요."

"그렇겠지."

현수는 고개를 끄덕였다. 브렉시트가 세계 경제에 미치는 영향을 충분히 인식하는 때문이다.

"환율도 많이 변하지?"

"네! 원 달러 환율은 브렉시트 당일 24원 정도 상승해요. 엔화는 58원이나 오르죠."

"안전자산 쪽으로 쏠림현상이 빚어진다는 거네. 금은?"

"당연히 폭등하죠. 1온스당 1,260달러 하던 게 1,320달러로 확 올라갑니다."

"그런 걸 모두 이용한다는 거지?"

"당근이죠!"

"알았어! 도로시가 알아서 마음껏 해봐."

"네, 그럼 시작합니다."

도로시는 하인스 킴의 계좌로 들어온 저작권료를 몽땅 뽑아서 투자를 시작했다. 뉴욕증시의 움직임을 환히 꿰고 있기에 초단기매매로 금액을 불리기 시작한 것이다.

혹시 있을지 모를 의혹에 대비하여 자금의 흐름은 그대로 노출시켰다.

다시 말해 회수한 해외은닉자금이나 불법 정치자금 등 검은 돈, 그리고 마약조직과 범죄조직의 돈은 한 푼도 건드리지 않았다.

　　　　*　　　　　*　　　　　*

"폐하! 일어날 시간이옵니다."

"끄웅! 알았어."

잠자리에서 일어난 현수는 여느 때와 마찬가지로 일과를 시작했다.

식재료상으로부터 배달된 식자재 검수를 했고, 소모품들을 채워 넣었다. 다음으로 홀의 정리정돈을 다시 살폈다.

이젠 이력이 붙었는지 별 힘 들이지 않고 모든 일을 완수한 현수는 구석의 피아노로 갔다.

아직 아무도 출근하지 않은 시각인지라 새로운 곡을 고르려는 것이다.

♩♩♪♫♩♪♩♫♫~ ♩♪♩♫♫~…

"달빛 속에서 너는… 네 그림자 하나 나를 부르고……."

이 노래를 불렀던 윌리엄 그로모포의 음색이 슈크림처럼 부드럽다면, 현수의 음색은 조금 더 굵으면서도 세련되었다.

나직이 울리는 '달빛 속에서'의 선율은 한동안 히야신스의 홀을 가득 채웠다.

♩♪♫♩♪~ ♪♩♫♫~…

"내 사랑 가지 마오. 그럼 나는 어찌하라고……."

노래가 시작되기 직전에 출입구가 살짝 열렸다 닫혔지만 현수는 눈치채지 못했다.

오랜만에 노래에 흠뻑 빠져 있었기 때문이다.

♫♩♪♩♫♫~ ♩♪♩♫~ ♩♩♪♫~

"흩어진 노을처럼 내 아픈 기억이 바래질 때 달빛 속에서 다시 만나요."

♪♪♫♪♫~

노래가 끝나며 피아노 선율이 서서히 줄어든다.

'흐음, 이 노래는 누굴 주지? 그로모프 교수님과 연이 닿질 않으니……. 그렇다고 내가 부를 수도 없고. 끄응!'

저음부분이 많아 다이안이 부르기는 조금 어색할 듯하다.

하여 누구에게 이 곡을 주나 고민하며 피아노 덮개를 내릴 때였다.

짝! 짝! 짝一!

"와아! 정말 좋은 노래네요. 신곡인 거죠?"

화분 뒤에서 손뼉 치며 튀어나온 이는 조연 지사장이다.

"누구…? 아! 조 지사장님. 아침부터 여긴 웬일이세요?"

"상의드릴 일이 왔다가 아침부터 귀가 호강했네요."

"에고…!"

현수는 짐짓 난처한 표정을 지어 보였다. 안 그러면 계속 뭐라 할 것 같아서이다.

"음료수 한 잔 드릴까요?"

"아이고, 아닙니다. 나가서 커피나 한잔하시죠."

조 지사장은 얼른 손을 내저었다. 대표에게 음료수를 내오라 할 수는 없기 때문이다.

잠시 후 둘은 인근 분식집에 들어가 있었다.

이른 시간이라 문을 연 커피숍이 없었던 때문이고, 둘 다 아침 전이었던 것이다.

현수는 김밥을, 조 지사장은 떡라면을 먹었다.

"상의할 일이란 게 뭐지요?"

사장이나 주방장이 출근할 시간이 다가왔기에 잠시 외출한다는 메모를 남겨놓고 왔으니 앞으로 두 시간 정도는 여유가 있다.

"서연이와 세란이 있던 'DK 엔터테인먼트'와 예린이와 정민이가 있던 '연예기획사 C&R'에서 인수합병을 제안해서요."

까맣게 잊고 있던 회사들이다.

"아! 거긴 어떻게 되었나요?"

"두 회사 대표와 경영진 모두 구속되었습니다."

현수는 대답 대신 고개를 끄덕였다.

소속 연예인 및 연습생들을 노예나 노리개쯤으로 여기던 놈들이니 당연한 귀결이다.

"놈들이 구속되는 바람에 계약해지를 요구했던 연예인들의 입지가 이상해졌습니다."

"결정권자가 몽땅 구치소에 들어가 있어서 계약해지가 쉽지 않은 모양이네요."

연예인들이 계약을 해지한다는 내용증명을 발송했지만 수취인이 감옥에 있어 모두 반송된 상태이다. 따라서 아직은 해지되지 못한 상태이다.

"맞습니다."

"그런데 인수합병은 무슨 이야기인지요?"

"나머지 주주들이 경영진으로부터 위임장을 들고 왔습니다. 회사를 인수해 달라고요."

조 지사장이 말한 주주는 회사경영에 관여하지 않던 사람들이다. 돈만 투자하고 배당금만 따먹으며 닐리리야 하고 있었는데 어느 날 갑자기 엉망진창이 되어 버렸다.

기세 좋게 오르기만 하던 주가는 거의 휴지 조각이 되어버렸다. 언론에서 계속해서 시끄럽게 떠들어대는 바람에 10일 연속 하한가를 경험했다. 그 결과 10만 원 하던 주가는 2,724원으로 떨어졌고, 곧바로 거래정지가 되었다.

다들 상장폐지 후 폐업을 예상했다.

그러면 단 돈 1원도 못 건질 수 있다. 이에 똥줄이 탄 투자자들은 인수해 줄 만한 연예기획사들을 물색했다.

그런데 다들 고개를 설레설레 흔든다. 가뜩이나 연예계에 관한 소문이 흉흉한데 문제가 된 회사들을 인수한다는 건 시선을 집중시키는 것이나 다름없기 때문이다.

아무리 찾아봐도 마땅한 대상이 없어 낙담하던 중 소속 걸그룹 멤버 하나가 호들갑 떠는 소리를 듣게 되었다.

"어머, 어머! 얘들아. 이리 와서 이걸 좀 봐."

"뭔데? 뭔데 호들갑이야?"

"이 언니들 다이안 맞지?"

멤버가 보여준 휴대폰을 보는 다른 멤버가 대꾸한다.

"그러네, 근데 여긴 어디래? 엄청 좋아 보여. 1등도 못 했는데 회사에서 어디 좋은 데 보내줬나 보네."

이에 멤버 중 다른 하나가 시큰둥한 대꾸를 했다.

잘나가다 갑자기 날개 잃은 천사처럼 끝없이 추락하는 중이라 심통이 나서이다.

"우린 방송이랑 행사를 못 잡아서 이렇게 숙소에 찌그러져 있는데 다이안 선배님들은 재기에 성공했네."

부러워하는 한편 시기하는 마음이 섞인 반응이다.

"근데 거기 어디래? 두바이에 있는 버즈 알 아랍[14]이라도 되는 거야? 인테리어 되게 깔쌈하네."

"여기? 선배님들 새 숙소래. Y—엔터에서 꼭대기 층을 몽땅 숙소로 만들어줬대."

"우왕! 진짜 멋지다, 여기!"

휴대폰으로 멤버들이 올린 사진을 쭉쭉 내려서 보는 아이

---

14) 버즈 알 아랍 호텔(Burj Al Arab Hotel) : 아랍에미리트 두바이 주메이라 해안으로부터 280m 떨어진 인공 섬 위에 아라비아의 전통 목선인 '다우(dhow)'의 돛 모양을 형상화해 지은 호텔. '버즈 알 아랍'은 '아랍의 탑'이라는 의미이며, 세계 유일의 7성급 호텔. 높이 321m

돌 멤버의 눈에는 부러움이 한 가득 배어 있었다.

그러다 무대 의상이 가지런히 정렬된 사진을 보았다.

"헐! 1인당 방 하나씩인 것도 부러운데, 이렇게 큰 옷방이 따로 있다고? 아! 진짜 나도 이런 데서 살고 싶다."

이 말을 시작으로 걸그룹 멤버들은 모두 휴대폰을 꺼내 다이안의 새 숙소를 찍은 사진들을 보며 떠들었다.

다들 부럽다는 말만 반복했다.

업소용 냉장고 가득 들어 있는 각종 먹거리를 부러워했고, 아래층 분식집과 편의점에서 무엇을 먹든, 집어오든 모두 소속사에서 결재해준다는 것을 더 부러워했다.

멤버 중 하나가 계속 화면을 내리던 중 딱 멈추더니 다음을 보게 되었다.

Chapter 07
—
달랜다고 다 줘?

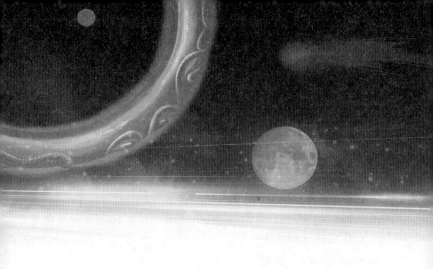

㈜ Y—엔터테인먼트 | 사업자 등록번호 : 108—89—8◎647
| 대표번호 : 1800—99??7

[04092] 서울특별시 마포구 토정로 176—◇1 | 대표이사 : 하인
스 킴(Heins Kim) | 개인정보 보호책임자 : 조연

"어머! Y—엔터 사장님이 하인스 킴이래."

한 멤버가 놀라서 소리친다.

"하인스 킴? 그게 누군데?"

어리둥절하는 걸 보면 진짜 모르는 게 분명한 표정이다.

"야! 이 바보야. 넌 하인스 킴이 누군지도 몰라?"

"치! 모르니까 묻지! 근데 바보가 뭐냐?"

조금 맹한 끼가 있는 멤버이다. 너무 어린 시절부터 연습생 생활을 시작하여 학교 구경한지 오래되었다는 멤버이다.

"야! 너 진짜 '지현에게' 와 '첫 만남' 의 작사, 작곡가 하인스 킴 님을 몰라?"

"헐! 진짜…? 그 사람이야?"

"그래! 지금 미국 빌보드 차트 1위와 2위 모두 하인스 킴 님이 작사 작곡했고, 하인스 님이 부른 'To Jenny' 와 'First meeting' 이야. 진짜 쩔어주는 작사 작곡가라구."

"아! 그 노래 알아. 그거 남성 5중창이지? 정말 좋더라."

"너, 진짜 놀라운 게 뭔지 알아?"

"뭔데?"

맹한 멤버가 눈을 동그랗게 뜬다.

"그 노래 하인스 킴 님이 혼자서 다 부른 거래."

"에이, 뻥 치지 마. 그 노래 엄청 낮은 저음부터 나도 안 올라가는 고음까지 있는 곡이야. 그걸 어떻게 혼자서 불러?"

"에고, 너 어제 그 방송 못 봤지?"

"어떤 방송?"

"요알싶 말이야."

방금 언급된 '요알싶' 은 '요것이 알고 싶었어?' 라는 방송의 준말로 정치 ? 사회적 문제가 아닌 시청자들 궁금해 하는 사소한 것들을 파헤쳐 주는 방송이다.

화살을 쏘면 왜 물고기가 헤엄치는 모습으로 날아가는지를 과학적으로 설명해 주었고, 총열에 강선이 있으면 총알이 회전하며 쏘아져 가는 원리를 알려주는 방송이다.

며칠 전엔 시청자들의 열화와 같은 요청으로 공전의 히트 중인 '지현에게'와 '첫 만남'이 낱낱이 해부되었다.

남성 5중창이 사실은 한 사람이 부른 거라는 걸 증명해 낸 것이다. 첨단 음문(陰文) 분석기계와 그 분야 전문가들의 인터뷰까지 곁들여졌었다.

아주 낮은 저음부터 여성들도 쉽지 않을 고음까지 안정적으로 소화해 낸 하인스는 이 노래의 작사 작곡가인 하인스 킴일 확률이 매우 높다는 걸로 방송은 끝났다.

─ 음역폭이 너무 넓어서 대한민국엔 이 노래를 혼자서 소화해 낼 가수가 단 하나도 없어요. 저도 못 부릅니다.

─ 하인스 님은 대한민국은 물론이고 전 세계 모든 뮤지션과 성악가들을 씹어 먹을 실력이죠.

─ 동의합니다. 하인스 님이 '복면가왕'이라는 프로그램에 나간다면 아마 전무후무할 기록을 세울 거예요.

─ 제 예상은 최하 60주 연속 가왕일 걸요. 나중엔 지겨워서 엉터리로 부르고 내려올 겁니다.

— '불후의 명곡'에 나간다면 '알리'가 세운 최고기록 447점이 단숨에 깨질 겁니다.

— 맞습니다. 제 예상은 500점입니다.

— '나는 가수다'는 어떻고요? 하인스 님이 제일 먼저 부르면 다른 가수들은 노래 부르기 싫어질 겁니다.

— 이전엔 확실히 없었고, 이후로도 없을 확률이 거의 100%인 위대한 가수입니다. 오늘부터 존경하기로 했습니다.

— Y—엔터가 없었다면 무조건 베팅해야 하는 카드죠.

— 맞아요! 로열 스트레이트 플러쉽니다. 스페이드로요!

— 오! 도박 좀 해보셨나 봅니다.

— 우리 쓸데없는 얘긴 하지 맙시다.

이것은 상당히 많은 히트곡을 작곡한 유명 작곡가와 음악 경연프로그램에 자주 등장한 실력 있는 가수들, 그리고 대형 엔터테인먼트 수장들이 한 말이다.

이 방송이 끝난 후 대체 하인스가 누구냐는 전화가 빗발쳤다. 이에 방송국은 홈페이지에 긴급공지를 띄웠다.

시청자 여러분께!

열심히 취재했지만 하인스 님이 누군지는 저희도 알아내지 못하였음을 알려드립니다. 죄송합니다.

— 요알싶 PD 올림

공지가 나간 후 인터넷 게시판들이 시끄러워졌다.

키보드 워리어와 네티즌 수색대가 온갖 자료를 다 뒤졌지만 하인스나 하인스 킴에 대한 기록은 전혀 없었다.

그러는 동안 작사 작곡가인 하인스 킴과 동일 인물이라는 루머가 떠돌았고, 결국 정설이 되어 버렸다.

그렇기에 지금 걸 그룹 멤버가 호들갑을 떠는 것이다.

"요알싶에서 하인스 님이 하인스 킴 님이라고 한 거야?"

"그래! 그런가 봐."

"와아! 이 언니들 되게 좋겠다. 그 사람 완전히 천재 중의 천재라던데."

"맞아! 누가 그러는데 완전히 새로운 화성(和聲)이래."

"그나저나 외국인 이름이네. 외국 사람인가?"

"바부야! 성을 봐. 킴(Kim)이잖아. 김 씨!"

"아! 그럼 한국 사람이겠네. 근데 어떻게 생겼을까? 젊고 엄청 잘생겼겠지?"

"그건 모르지. 누가 그러더라. 완전히 '옥떨메' 아님 '자갈밭 감자떡'이라 얼굴을 드러내지 못하는 거라고."

"옥떨매? 자갈밭 감자떡…? 그건 뭐야?"

맹한 멤버가 눈을 상큼하게 뜬다. 맹하긴 해도 얼굴은 예뻐서 그러하다.

"옥상에서 떨어진 메주, 그리고 다 만든 다음에 실수로 자갈밭에 떨어트렸다가 주운 감자떡! 못생겼다고."

"아하! 근데 진짜 그렇게 못생겼어?"

"그거야 모르지! 어쩌면 아주 잘생긴 훈남일지도."

"아무튼 이 선배들 되게 부럽다. 부러워."

모두가 고개를 끄덕일 때 인터넷 검색을 하던 한 멤버가 마지막 결정타를 날린다.

"어머나! 얘들아. 이 선배들 전속금도 받았대."

"전속금? Y-엔터는 그런 것도 있어?"

"그래! 여긴 그런 거 주나 봐. 여기 이거 봐봐."

"헐~!"

"씨잉! 디지게 부럽네."

7년 전속이고 21억 원을 일시불로 받았다는 내용을 보곤 모두들 입이 댓발씩 튀어나왔다.

본인들은 데뷔 3년이 다 되어 감에도 아직 한 번도 정산 받지 못한 상황인 때문이다.

게다가 요즘은 회사 자체가 어려워져 곧 망할지도 모른다는 소문이 번져서 불안한 하루하루를 보내는 중이다.

우연히 이를 듣게 된 사람은 'DK 엔터테인먼트'와 '연예기획사 C&R' 양쪽 모두의 투자자이다.

다음 날 양쪽 회사 투자자들을 불러 모으고는 Y-엔터에 인수합병을 제안하는 것에 대한 의결을 했다.

문제 발생 전 'DK 엔터테인먼트'의 시가총액은 1,855억 원이었고, '연예기획사 C&R'은 1,576억 원이었다.

그런데 지금은 휴지조각이 되었고, 그마나 거래 정지되어 팔 수도 없는 상황이다.

일련의 설명을 하는 조연 대표는 몹시 상기된 표정이다.

두 회사를 인수하면 이전처럼 천대받거나 무시당하는 일은 없을 것이기 때문만은 아니다.

두 곳에 소속된 걸 그룹과 연예인들의 맨 파워를 인정해서이다.

"그래서 얼마에 인수하라는데요?"

"투자자들의 지분율이 'DK 엔터테인먼트'는 35%이고, '연예기획사 C&R'은 28%입니다. 각각 165억과 110억 원을 요구하고 있습니다."

"주가가 왕창 떨어진 게 아닌가요?"

"맞습니다. 언론의 집요한 보도 덕분에 그렇게 되었지요."

"내 계산으론 DK는 25.4%를 C&R은 24.9%를 달라는 걸로 느껴집니다만."

"맞습니다. 사건발생 이전 금액의 25% 수준을 요구하는 거요."

"거래정지 되기 전 최종 시가 총액이 얼마였죠?"

"DK는 50억 5,300만 원 정도였고, C&R은 42억 9,300만 원쯤 했습니다."

"그런데 그거의 35%를 164억에, 28%를 110억 원에 달랜다는 거죠?"

"네. 그렇긴 합니다."

조연 지사장은 현수의 표정을 보고 살짝 말꼬리를 내린다. 말도 안 되는 요구라는 걸 본인도 잘 알기 때문이다.

거래정지 전 주가로 따지면 18억 3,400만 원짜리를 164억에, 12억 4,600만 원 짜리는 110억을 달라고 하는 것이다.

각각 8.94배와 8.83배에 달하는 금액이다.

그럼에도 현수를 찾아온 건 그들이 데리고 있는 연예인들과 연습생들의 맨 파워가 탐나서였다.

그리고 그들을 노리고 있는 다른 연예기획사들이 많은 때문이기도 하다.

"좋아요. 그 돈을 주면 나머지는 어떻게 한데요?"

"그건…, 일반 투자자들이 보유한 건 어차피 휴지나 마찬가지니까 우리가 사겠다고 하면 얼씨구나 할 거랍니다."

"……!"

하도 어이가 없어서 무표정으로 있었더니 마저 하라는 뜻으로 이해했는지 조 지사장이 말을 잇는다.

"최종가의 1.2배만 줘도 고맙다고 할 거라네요."

그러니까 자신들의 보유 물량만 비싸게 사라는 뜻이다.

"정말 어이가 없는 사람들이네요. 그죠?"

"네, 그렇긴 합니다."

조 지사장은 순순히 고개를 끄덕인다. 자신도 처음 제안을 받았을 때 같은 생각을 했기 때문이다.

"안 사겠다고 하세요."

"네? 그럼 다른 기획사에서⋯⋯."

조 지사장이 뭐라 말을 이으려 할 때 현수가 손을 들어 제지했다.

"이 바닥은 다 이런가요?"

"네⋯? 아, 네에. 조금 그런 면이 없지 않아 있지요. 양아치 같은 놈들과 조폭 자금이 들어와 있어서 그렇습니다."

"지사장님은 잘 아시는 것 같은데 왜 말도 안 되는 인수 건을 가져오신 건가요?"

"그건⋯⋯."

조 지사장은 잠시 말을 끊었다.

문득 정신을 차리고 보니 정말 경우 없는 건을 들고 와서 그걸 비싼 값에 사라고 브리핑한 것을 깨달은 것이다.

하지만 기왕에 꺼낸 말이다.

"두 회사가 데리고 있는 연예인과 연습생들이 탐나서⋯ 그리고 정말 괜찮은 스텝들이 여럿 있어서⋯⋯."

이 대목에서 현수의 시선을 느낀 조 지사장이 얼른 고개를 숙인다.

"죄송합니다. 없었던 일로 하겠습니다."

너무 기죽이면 솟았던 의욕이 찌그러지는 법이다.

"연예인들은 위약금을 주고 데려오는 방법이 있을 거고, 스텝들은 스카우트하면 되는 거 아닌가요?"

"……대표님 말씀이 맞습니다. 제가 욕심이 앞서서 제대로 계산도 안 해보고……. 죄송합니다."

"아뇨! 잘해보자고 아침부터 오신 거잖아요. 그런 욕심은 좋습니다. 다만 눈앞의 이익만 보면 더 큰 걸 못 볼 수 있다는 걸 말씀드리려는 거였어요."

*　　　*　　　*

"네에."

"걸그룹이 몇이나 있다고요?"

"5인조가 둘, 6인조는 셋, 7인조도 셋, 9인조는 하나가 있습니다. 도합 9팀인데 A급 둘, B급 넷, C급 셋이죠."

"S급은 없나 보네요."

"대한민국의 S급 걸 그룹은 다이안 하나뿐입니다."

말을 하며 대단히 뿌듯하다는 표정을 짓는다.

"그래요? 전에는 없었나요?"

현수가 궁금하다는 표정으로 바라보자 조 지사장은 어깨를 으쓱하는 몸동작을 하며 대꾸한다.

"아뇨! 이번 앨범 때문에 다들 한 등급씩 밀린 거죠."

다이안이 월등하다는 평가를 받은 모양이다.

"그래요? 걸 그룹은 그렇고 보이 그룹은 없나요?"

"있죠. 4인조 하나, 5인조 셋, 6인조 둘, 그리고 7인조 둘이 있습니다. 그밖에 여자 연습생 64명과 남자 연습생 28명이 있습니다."

"인원이 상당히 많네요."

"회사가 두 개니까요."

"딸린 식구들도 많은가요?"

"네! 스텝들도 상당히 많습니다. 데뷔한 친구들은 다이 다이로 붙어서… 아! 일본말 죄송합니다."

현수는 기꺼이 양해한다는 듯 고개를 끄덕였다.

연예계와 방송계뿐만 아니라 공사판 등에도 일본어 잔재가 상당히 많다는 걸 알기 때문이다.

조 지사장은 얼른 헛기침을 한 번 한다.

"허흠! 아무튼 일대일로 붙어서 케어를 해야 하니까요. 매니저뿐만 아니라 코디랑 메이크업, 그리고 녹음실, 안무실 및 연기 지도실 인원도 상당히 많습니다."

"그렇군요."

두 회사의 인원수를 파악해보면 걸 그룹 58명, 보이 그룹 45명, 연습생 92명, 연기자 64명, 그리고 개그맨 6명이다.

총인원 265명이고, 이들을 서포트하는 스텝까지 모두 합치면 300명을 훌쩍 넘는 대인원이 있다는 소리이다.

"그들 두 회사 인원을 흡수하면 무얼 기대할 수 있죠?"

"방송계에서의 입김이 아무래도 확대될 수밖에 없죠."

"다이안만으로는 부족한가요?"

현수는 안다. 다이안이 어떤 대접을 받게 되는지를!

지금이야 달랑 두 곡만 발표된 상태인지라 아직은 방송사가 '갑(甲)'이고, 다이안이 '을(乙)'이다.

여기서 두 달만 더 지나면 완전히 역전되고, 다시는 뒤집히지 않는다. 아니, 뒤집히지 못한다.

다이안이 출연한 방송과 그렇지 못한 방송의 시청률 자체가 어마어마하게 벌어지는 때문이다.

다이안이 출연하면 모든 언론이 입에 거품을 문 듯 온갖 설레발을 늘어놓는다.

반면 다이안 섭외에 실패한 방송은 아무런 관심도 받지 못하고 애국가 시청률을 보이게 된다.

그렇기에 출연료 자체가 초특급이 된다.

기존 걸 그룹 최고 출연료의 10배가 넘는 금액으로 책정될 뿐만 아니라 출연 계약과 동시에 전액 입금된다.

아울러 의상비와 메이크업 비용, 그리고 무대설치비 등도 전액 방송사 부담이다.

다이안은 몸만 가면 되는 것이다.

전무후무할 방식의 계약이지만 연예계 어느 누구도 이에 이의를 제기하지 못한다.

0.5%짜리 시청률이었다 하더라도 다이안이 출연하면 최하 25% 시청률로 바뀌기 때문이다.

게다가 '다시보기' 판매량이 어마어마하다. 국내뿐만 아니라 외국에서도 많이 다운로드하기 때문이다.

그래서 엄청난 금액을 벌어들이게 된다.

지금도 그러하듯 불법복제하려는 노력이 시도된다. 하지만 모두 실패하고 만다.

방송사가 자사 홈페이지에 업로드 하는 파일에 Y−CP의 기술이 접목되는 때문이다.

참고로, CP는 'Copyright Protection'의 이니셜이다. 한국 어로는 '저작권 보호'라는 의미이다.

아주 오래전, 현수는 세계 2위 스위스 선사(船社) MSC의 회장 지왕뤼지 아폰테로부터 초음속 비니지스 제트기(SBJ)를 선물 받은 적이 있다.

그의 부인 엘리자베스 아폰테의 비소세포 폐암을 말끔하게 완치시켜 준 결과이다.

약 860억 원이었던 SBJ는 기장이 윌리엄 스테판이었고, 스튜어디스는 스테파니 베나글리오였다.

그녀의 여동생 샌디 베나글리오는 현수의 지시에 따라 컴퓨터의 새로운 운영체계인 '삼족오(三足烏)'를 개발해냈고, 새로운 인터넷 브라우저 '미리내'도 만들어냈다.

둘 다 한글을 기반으로 한 프로그램이라 한글을 모르면 해킹을 시도조차 할 수 없다.

아무튼 샌디는 '유럽의 MIT' 라 칭해지는 스위스 로잔 대학교를 졸업한 천재였다. 그런 그녀에 의해 만들어진 프로그램이 있는데, 그것이 바로 Y—CP에서 사용하려는 것이다.

훗날 현수에 의해 훨씬 많이 다듬어진 프로그램이 만들어지지만 현재로선 굳이 그걸 쓸 이유가 없어서 초기모델을 쓰려고 한다.

이 기술이 적용된 파일을 불법으로 다운로드하면 동시에 또 다른 곳에 같은 파일이 생성된다.

예를 들어, 다이안 공연파일을 A폴더에 저장되도록 하면 동시에 B폴더에도 저장된다.

다운로드가 완료될 때까지 A폴더에 있다는 걸 확인할 수 있지만 완료와 동시에 B폴더의 것만 남는다.

그런데 B폴더가 무엇인지는 알 수 없다. 그래서 이 기술을 '디지털 스텔스' 라고 불렀다.

이렇게 복제된 파일은 사이즈가 점점 더 커진다.

예를 들어, 방송파일이 1.4기가바이트라면 하루가 지날 때마다 2배씩 커진다.

하루 뒤엔 2.8GB, 그다음날엔 5.6GB, 사흘째 되는 날엔 11.2GB, 나흘째는 22.4GB가 된다.

그냥 놔둬서 10일째 되는 날엔 1,433.6GB. 즉, 1테라 409.6 기가바이트가 된다.

이쯤 되면 웬만한 컴퓨터는 하드디스크가 꽉 차서 더 이상

쓰기를 할 수 없을 지경일 것이다.

이걸 지울 방법은 딱 한 가지, 포맷(Format)뿐이다.

불법복제된 파일의 위치와 명칭이 5분 간격으로 바뀌며, 사이즈가 1~10MB로 표시되기 때문이다.

따라서 전문가라 해도 찾아낼 수 없으며 제어판이나 시중에 나와 있는 삭제 프로그램을 이용해도 지울 수가 없다.

비난의 목소리를 내고, 손해배상을 청구하고 싶겠지만 방송사 홈페이지에 책임소재가 분명한 경고문구가 있다.

한국어뿐만 아니라 영어, 스페인어, 지나어, 일본어 등 12개 국어로 표기되어 있다.

《 경고의 말씀 》

불법복제는 저작권을 침해하는 행위입니다.

당사가 제작한 이 프로그램을 불법으로 다운로드하면 포맷 이외엔 방법이 없을 것임을 엄중히 경고합니다.

이로 인한 손해는 불법복제 행위를 한 당사자가 온전히 부담하여야 합니다.

불법복제를 시도하면 다른 파일까지 몽땅 다 지워야 한다. 이를 우습게 알고 수많은 도전자들이 덤벼든다.

'그래? 그럼, 어디 한번 해보자!' 는 심보이다.

일반인에 비해 월등한 해킹실력이 있는 전문가 집단 사이엔

상금까지 내걸린다.

하지만 결과는 늘 포맷으로 끝난다!

그 피해는 막대할 수도 있다. 예를 들어, 비트코인을 사놓고 암호를 저장해 두었는데 그것이 지워지는 등의 일이다.

사방에서 포맷해야 한다는 비명이 터져 나온 후에야 더 이상 불법복제를 시도하지 않게 된다.

정상적으로 다운로드한 파일을 USB 등에 복사하려는 경우엔 다음과 같은 메시지가 뜬다.

《 경고의 말씀 》

해당 파일은 복제가 허용되지 않습니다.

복제를 강행하는 경우엔 사용자의 기기를 포맷해야 하는 불상사가 빚어질 수 있음을 엄중히 경고합니다.

정상적으로 다운받은 파일이라면 방송사 홈페이지에서 재차 다운로드하시길 권합니다. 참고로, 비용을 지불한 파일은 1년 이내, 3회까지 추가 비용을 받지 않습니다.

이 경고문 역시 12개 언어로 기록되며, 음성지원도 된다.

아무튼 다이안 출연 이후 Y—CP 사무실은 방문객으로 북적이게 된다.

아일랜드 데프 잼 레코딩스를 비롯한 전 세계 음반사와 영화사 관계자들이 찾아오기 때문이다.

뿐만 아니라 E—Book 업체와 출판사, 방송사, 포털사이트 관계자 등도 줄줄이 명함을 들고 찾아온다.

Y—CP의 기술을 제공받으면 불법복제가 불가능하여 매출이 급격하게 늘어나기 때문이다.

조연 지사장은 현수의 물음에 고개를 떨군다.

"아직은 조금 버겁죠. 찾아주는 방송사도 적고요."

하긴 Y—엔터는 현재 달랑 한 팀뿐이다.

곡 발표를 하고 곧바로 1위 자리를 거머쥐기는 했지만 한번 반짝했다 찌그러졌던 전력이 있다.

그게 재현되지 않는다는 보장은 '당연히' 없다. 방송사에서 전격적으로 밀어줄 타당한 이유가 없는 것이다.

"그래서 다른 회사 사람들을 영입하자는 건가요?"

"그렇습니다. 딱 그 이유밖에 없습니다."

"그럼 이렇게 하죠. 어차피 그 회사 대표 및 경영진들 다 구속된 상태라 곧 망하게 되니까……."

조연 지사장은 현수의 말에 귀를 기울였다. 그렇게 한참의 시간이 흘렀다.

"참! 새로 입주한 아파트는 괜찮은가요?"

"아! 뭐라 감사의 말씀을 드려야 할지……. 정말 고맙습니다. 앞으로 더 잘하겠습니다."

조연은 계속 고개를 숙였다.

조 지시장은 얼마 전 받은 계약금으로 빚을 청산한 후 남은 돈으로 화곡동 소재 작은 빌라로 이사했다. 집도 절도 없어서 여기저기 흩어져 있던 가족들이 다시 뭉친 것이다.

약간 좁은 듯했지만 그래도 그게 어딘가 하며 나날이 화목해진다는 느낌에 행복했다. 그러던 어느 날 예전에 통화했던 도로시 게일로부터 전화가 걸려왔다.

"조 지사장님! 도로시 게일입니다."

"아! 비서실장님. 오랜만이네요."

지금껏 가끔 통화만 했을 뿐 단 한 번도 만난 적이 없지만 왠지 친근한 느낌이었다.

"그렇죠? 그간 많이 바쁘셨죠?"

"네! 조금 바빴습니다."

다이안 재런칭은 사실 음반만 낸다고 끝날 일이 아니다. 하여 글자 그대로 동분서주하며 바쁘게 지냈다.

이번에 찍어낸 앨범은 무려 50만 장이나 된다.

한국은 시장이 작아서 그렇게 팔리지 않을 거라고 강력하게 만류했지만 현수의 고집을 꺾을 수는 없었다.

하여 발매 이후 제대로 잠을 이룰 수 없었다. 어쩌면 금방 망할지도 모른다는 생각을 한 것이다.

그러나 그런 우려는 얼마 안 되어 사라졌다. 그야말로 날개가 돋친 듯 팔리기 시작한 것이다.

사방팔방에서 주문전화가 걸려 와서 이를 전담하여 응대하는 직원을 고용해야 할 정도이다. 아울러 추가로 얼마나 더 찍어야 할지를 고민하는 상황이다.

"이사한 집은 좁지 않나요?"

"아유, 괜찮습니다."

"근데 어쩌죠? 또 이사를 하셔야 할 거 같아요."

"네? 왜요?"

조연 지사장은 약간 긴장되었다. 이러면 안 좋은 상황을 통보받곤 했던 때문이다.

"회사 근처 아파트로 들어가서 사세요."

"네? 왜요?"

"Y—그룹이 임원에게 거처를 제공하기로 했거든요."

"네? 거처를 제공해요?"

"대표님 지시죠."

"하인스 킴 대표님이요?"

"네. 한강밤섬아파트 60평 형이구요. 실면적은 51.2평, 방 4개, 욕실 2개예요. 주소랑 출입구 비번은 문자로 보내드릴 테니 확인하시고 언제든 이사하세요."

"네에?"

이건 대체 무슨 소리인가 하는 표정을 지었지만 도로시는 할 말만 한다.

"관리비와 전기요금, 그리고 가스요금은 회사에서 부담할 거예요. 상하수도 요금만 부담하시면 될 겁니다."

"……!"

조 지사장이 뭐라 대꾸하기도 전에 도로시의 말이 계속해서 이어진다.

Chapter 08
—
본격적인 시작

"참! 연봉도 상향되었어요."

"에…? 아직 1년도 안 되었는데 연봉이 올라요?"

조 지사장은 계약금 5억 원에 월 1,000만 원을 받기로 했었다. 불과 얼마 전의 일이다.

"네! 이것도 대표님 지시사항이에요. 조 지사장님 연봉을 6억 원으로 인상하라네요. 이달부터 그에 준한 급여가 계좌로 이체될 거니 그리 알고 계세요."

"어, 얼마요? 유, 육억 원이요?"

한 번도 상상해 보지 못한 금액이라 말까지 더듬는다.

"네! 육억 원 맞아요. 월 오천만 원이죠."

"끄으응…!"

조 지사장은 아무런 대꾸도 하지 못한 채 10여 초를 멍하니 서 있었다. 연봉 6억 원에 60평형 아파트까지 무상으로 제공한다니 믿어지지 않아서이다.

"놀라실 필요 없어요. Y-그룹 임직원들에게 회사에서 베푸는 복리후생의 일환이니까요."

"헐…!"

조연 지사장은 낮은 침음만 냈을 뿐 아무런 말도 하지 못했다. 회사가 너무 많은 걸 베푸는데 본인이 그에 걸맞은 활동을 했는지 반성하는 마음이 들어서이다.

조 지사장이 돌아가자 도로시를 불러냈다.

"오늘 박근홍 사장 만날 수 있겠어?"

"아뇨! 오늘은 어려울 것 같아요."

"왜?"

"노숙자 쉼터에 장례식이 있어서요."

노숙자 중 누군가 세상을 뜬 모양이다. 낮은 완연한 봄이지만 밤이나 새벽엔 아직도 쌀쌀한 때문일 것이다.

"그래? 그럼 내일이나 모레는 어때?"

"내일과 모레, 그리고 글피까지는 날씨가 궂을 거라 괜찮을 거예요. 근데 지나는 계속 그대로 해요?"

"지나…? 지나에 뭘 계속 그대로 해?"

현수가 어리둥절한 표정을 짓자 도로시는 말도 안 된다는 반응을 보인다.

"헐! 설마, 잊고 계셨던 건가요?"

"그러니까 뭘 잊어…?"

"그 동네 비 내리게 하는 거요. 지난 3월 8일부터 오늘까지 매일 1년치 강수량이 내렸어요."

"그, 그랬어?"

현수는 약간 당황했다. 지시를 내려놓고 까맣게 잊고 있었던 것이다.

"네! 이틀만 더 내리면 싼샤댐이 붕괴돼요. 그럼 양자강 하류의 6개 성(省)과 수십 개의 시(市)가 물바다가 될 거고, 최하 3억 5,000만 명이 죽게 될 거예요."

"헐…, 3억 5천만 명이나?"

"네! 최하가 그래요. 홍수 무서운 건 아시죠? 아니다, 모르시겠네요. 물의 정령왕이 늘 곁에 계셨으니까요."

"아니, 알아! 내가 왜 모르겠어? 제국엔 홍수가 없었지만 다른 나라엔 많았잖아."

"아! 그렇겠군요. 아무튼 어떻게 할까요? 비 더 내리게 해서 싼샤댐도 무너지게 할까요?"

"아니! 그건 이제 그만해. 그나저나 미세먼지와 매연은 이제 덜하겠지?"

"당연하죠! 당분간은 그러고 싶어도 그럴 수 없을 거예요."

'장난으로 던진 돌에 개구리가 맞아 죽는다' 는 말이 있다. 지금이 딱 그런 상황이다.

세계 2위 경제대국이던 지나는 현재 졸지에 18세기쯤으로 되돌아간 상황이다. 전기, 수도, 가스, 도로, 방송, 통신과 관련된 시설 모두가 작살난 때문이다.

환경 따위는 아랑곳하지 않고 매연을 내뿜던 산업시설들은 거의 모두 진흙 뻘 속에 묻혔거나 떠내려갔다.

군사시설 역시 대부분 폐기 수준이다. 병사들이 기거하는 막사조차 변변하지 못하다.

그동안 많은 돈을 들여 장만했던 전차, 장갑차, 전투기 등은 고철이 되어버렸다.

더 이상 강대국이라고 큰소리칠 수 없는 상황이 되어버린 것이다.

날씨가 추워도 모든 게 젖어서 불조차 땔 수 없다.

그래서 기온이 급강하하는 새벽이 되면 서로를 부둥켜안고 덜덜 떨며 날 밝기만을 기다린다.

덕분에 상대에게서 얼마나 심한 악취가 나는지 깨닫게 되었다. 앞으로 살만해지는 날이 오면 잘 씻는 습관이 생길지도 모를 일이다.

너무도 이기적이어서 이웃 국가가 겪는 불편과 고통 따위는 눈에 들어가지도 않던 지나에선 자성(自省)의 목소리가 나오고 있다.

대기오염과 온난화 현상 때문에 엄청난 양의 비가 퍼부었던 것으로 결론을 내린 결과이다.

3월 8일부터 4월 20일인 오늘까지 내린 비의 총량은 20,800㎜이다. 이를 환산해 보면 20.8m나 된다.

층고가 2.5m인 건물이라면 8층을 넘어 9층까지 물이 찰랑거릴 높이이다. 역사에 기록될 대홍수를 만난 지나는 졸지에 후진국이 되어버렸다.

                    *   *   *

"폐하! 대신 만리동에 다녀오시는 건 어떤지요."

"만리동…? 아! 현주에게 가자고?

"네! 오늘은 박근홍 씨를 만날 수 없으니 그러는 편이 낫지 않을까요?"

"아냐! 먼저 Y—어패럴을 설립해놓고 가야지. 지금 가서 뭐라 하고 데려와? 명분이 없잖아. 안 그래?"

현주야 오빠니까 같이 가자고 할 수 있지만 숙식을 같이 하는 강은주와 김인혜까지 모두 데려오려면 적당한 핑계가 있어야 한다는 뜻이다.

"…그렇긴 하네요. 알겠어요. 그럼 나중에 가죠. 당장 뭐가 어떻게 될 정도로 급한 일은 아니니까요."

"그래! 대신 주효진 변호사나 김승섭 변호사에게 연락해서 대부업체 등록을 해달라고 전해."

"대부업체요? 돈 빌려주는 거 말씀하시는 거죠?"

"그래! Y—파이낸스라는 이름으로 설립해."

"무얼 어떻게 하시려고요?"

"대부업체에 피 빨리는 서민들을 도와야 하지 않겠어?"

"폐하! 아직 마법 못 쓰시잖아요. '얼웨이즈 텔 더 트루스' 마법진이 새겨진 의자가 없으면 돈 안 갚을 사람들 엄청 많을 걸요. 지금 연체율이 얼마나 되는지 아세요?"

"에고, 도로시야! 내가 그걸 어떻게 아냐? 얼마나 되는데?"

"2015년 11월말 통계자료를 보면 주택담보대출의 연체율은 0.31%예요. 가계신용대출은 0.67%구요. 2배가 넘어요."

"에이, 뭐 얼마 안 되네."

"주택담보대출은 담보가 있는 거구요. 가계신용대출은 엄격한 심사를 거쳐서 그런 거예요."

뭘 모르는 소리 하지 말라는 표현일 것이다.

"그런가?"

연체율이 0.01%에 가깝던 이실리프 뱅크를 생각했던 현수는 머리를 긁적였다. 이때 도로시의 말이 이어진다.

"우리은행에서 연 5.86~9.66%의 금리로 100만~1,000만 원까지 대출해 주는 상품이 있어요. 이건 소득이 없어도 신용대출을 해주지요."

"오~! 그런 게 있어?"

수전노 같은 은행이 웬일인가 싶었던 것이다.

"최근 기사를 보면 이 상품의 연체율은 2.29%예요. 가계신용대출 연체율의 3배 이상이지요. 그리고 신협과 농·수협단위조합 등 상호금융권 전체의 평균 연체율 2.19%보다도 높았어요."

"그랬어?"

"네! 그래서 심사기준을 높였더니 어떻게 된 줄 아세요?"

"그거야 모르지. 어떻게 되었는데?"

"상품은 있는데 대출받을 자격을 가진 사람의 숫자가 확 줄어버렸어요."

아무래도 도덕적 해이를 이야기하려는 듯하다.

"근데 연체율이 2.29%라면 나머지 97.71%는 제대로 상환하고 있다는 거 아닌가? 이 정도면 거의 전부 아냐?"

44명 중 1명 정도만 연체하고 있다는 뜻이다. 연체하는 사람이 있기는 하나 소수라는 뜻이다.

뭐라 반론을 제기하거나 대답하기 옹색했는지 도로시는 잠시 대꾸하지 못했다.

"……그건 그래요."

"내가 24시간 마나호흡을 하고 있는 건 알지?"

"그럼요!"

"그럼, 그게 얼마나 고효율인지도 알겠네."

"그야 당연히 알지요."

"그럼 이제 곧 마법진 활성화가 가능하지 않겠어?"

1서클이 되면 3서클 마법진까지 활성화시킬 수 있음을 주지시키는 말이다.

참고로, 2서클이 되면 4서클 마법진까지 구동시킬 수 있고, 3서클이 되면 5서클까지, 4서클은 6서클 마법진까지, 5서클은 7서클 마법진까지 활성화가 가능하다.

8서클 이상의 마법은 마법진으로 구동시키는 게 어렵다.

"근데 지금 가지고 계신 마나석이 몇 개인지는 아시죠?"

"당연히! 아…. 그렇지."

현수가 미처 마법가방 속에 넣지 못한 마나석은 초특급으로 8개가 있다.

초특급 하나를 쪼개면 3개의 특급 마나석이 만들어지고, 이걸 쪼개면 다시 3개가 만들어진다.

초특급 1개 → 특급 3개 → 상급 9 → 중급 27개 → 하급 81개 → 최하급 273개

초특급 마나석을 균등하게 쪼개는 건 현재의 공구로도 얼마든지 가능하다. 문제는 쪼갤 때마다 크나큰 마나 손실이 빚어진다는 것이다.

초특급 마나석 하나에 담겨 있는 마나의 양은 최하급의 2,500배 정도 된다. 이걸 쪼개서 273개로 만드는 짓은 가장

멍청한 짓 중 하나일 것이다.

'얼웨이즈 텔 더 트루스'는 2서클 마법이고, 이 마법진이 영구히 구동되려면 최하급 마나석 하나가 필요하다.

대부업체를 안정적으로 운영하려면 돈을 갚을 의사가 있는지를 확인하고 대출해 주어야 한다.

그렇게 하려면 한 개 지점마다 4개 이상의 마법의자가 필요하다.

이걸 위해 초특급 마나석을 쪼갤 거냐고 물은 것이다.

2016년 4월 현재 서울시에 등록된 대부업체 수는 3,896개이다. 무등록 대부업체까지 합치면 4,500~5,000개 혹은 그 이상일 것이다.

지난 3월 3일에 '대부업법 개정법률'이 국무회의를 거쳐 공포 · 시행되었다.

대부업자 및 여신금융회사의 법정 최고금리를 종전 연 34.9%에서 '27.9%로 하향' 조정한 것이 그 내용이다.

대부업체, 특히 무등록 대부업체 중 일부는 시중은행이나 저축은행으로부터 대출을 받기 어려운 신용불량자나 영세 자영업자 등에게 돈을 빌려주고 폭리를 챙기고 있다.

서울시 특별사법경찰이 꾸린 '대부업 수사전담팀'이 확인한 바에 의하면 연 133~2,437%나 된다.

이는 법정 최고금리의 4.77~87.35배나 된다.

은행권에서 대출받기 어려운 사람들은 사회적 약자에 속하는데 세금도 내지 않고 그들의 고혈을 빨고 있는 것이다.

예를 들어, 자영업자 K(여, 39세)가 있다.

K는 2014년 12월에 사채업자로부터 500만 원을 빌렸다.

불경기의 여파로 영업이 안 돼서 연체를 시작하자 사채업자는 추가대출을 강요했다.

돈을 더 빌려 원래 빌린 돈의 이자를 갚도록 한 것이다. 당연히 갚아야 할 빚이 점점 더 늘어났다.

2016년 4월 현재 K가 갚은 돈은 8,300만 원이다. 그런데 아직 갚지 못한 빚이 6,500만 원이나 있다.

시작은 500만 원이었는데 1억 4,800만 원이나 갚아야 한다. 불과 1년 6개월 정도 시간이 흘렀을 뿐인데 대출원금의 약 30배를 갚아야 하는 것이다.

가뜩이나 장사가 안 되는데 그나마 번 돈 거의 전부를 사채업자 아가리에 처넣고 있다. 그대로 놔두면 빚이 얼마나 더 늘어날지는 사채업자만 알 뿐이다.

*　　　　*　　　　*

"지금 신용대출 금리가 어떻게 되지?"

현수의 느닷없는 물음에도 도로시는 전혀 당황하지 않고

준비된 듯한 답변을 쏟아낸다.

"4월 현재 신용 1~2등급은 3.09~4.3%구요. 9~10등급은 7.42~12.17%예요. 참고로, 몇몇 은행은 신용등급 9~10등급에겐 대출을 해주지 않아요."

"시중은행이 그런 거지?"

"네! IBK 기업은행, KB 국민은행. KEB 하나은행, NH 농협은행, SH 수협은행, 신한은행, 우리은행, 한국시티은행, SC제일은행의 금리가 그래요."

"그럼 저축은행 금리는?"

"은행별로 조금씩 다른데 6.5~24.9% 수준이에요. 아무래도 1금융권보다는 높죠."

"그래, 그렇겠지. 그럼 한국은행 기준금리는 얼마지?"

"지금은 연 1.5%예요."

"예대마진[15]이 상당하군."

"네! 1금융권은 최하 1.59%, 최고 10.67%구요. 저축은행은 5~23.4%지요."

사상 최저 금리시대를 살고 있지만 서민들에게 1금융권은 넘기 어려운 문턱이 있다.

그렇기에 대부분 고금리 대출을 받았을 것이다.

"중소기업의 신용대출 금리는 어때?"

"1금융권은 4.47~6.79% 수준이에요."

---

15) 예대마진 : 예금금리와 대출금리의 차이. 은행의 주요 수익원.

저금리 기조 속에 대출금리를 결정하는 기준인 코픽스 (COFIX)[16] 가 하락세를 보이고 있어서 시중은행들이 중소기업 대출금리를 슬금슬금 올리는 중이다.

"흐음! 그것도 높군."

"그나마 신용대출 조건을 강화해서 돈 빌리기가 갈수록 어려워지고 있어요."

경기 회복세가 지연되면서 중소기업 대출에 경계감을 갖고 있는 것이다.

현수는 충분히 짐작한다는 표정으로 고개를 끄덕인다.

"서울에 자치구와 행정동이 몇 개나 있지?"

"서울시는 25개 자치구와 424개 행정동이 있어요. 법정동 은 이보다 많은 459개구요."

행정동은 법정동의 크고 작음에 따라 효율적인 행정편의 및 관리를 위하여 재편성한 후 주민센터를 설치한 단위이다.

현수는 제국을 다스렸기에 이런 내용을 잘 알고 있다.

"흐음! 행정동 하나 당 지점 하나씩 내면 의자가… 최하 1,696개는 있어야겠군."

대출신청을 하러온 사람들이 앉을 상담의자를 1지점당 4개씩 계산한 숫자이다.

"엥? 마나석 쪼개게요? 그거 엄청난 낭비라는 거 아시죠?"

---

16) 코픽스(Cost of Funds Index) : 은행연합회가 국내 8개 은행들로부 터 정보를 제공받아 산출하는 자금조달비용지수

"지금 마나석이 중요한 게 아니잖아."

"……그건 그렇죠."

보아하니 동의하고 싶지 않지만 어쩔 수 없어서 고개를 끄덕인다는 듯한 대답이다.

"돈 때문에 너무 많은 사람들이 고통 받고 있잖아."

"아무나 다 대출해 주실 건 아니죠?"

"당연하지. 우선은……."

잠시 현수의 말이 이어졌다.

가칭 Y─파이낸스는 100% 외국자본으로 설립될 대출전문 대부업체이다. 법에 따라 수신은 하지 않고 여신만 제공한다.

대출은 대환대출 우선이다.

참고로, 대환대출은 금융기관에서 대출을 받아 이전의 대출금이나 연체금을 갚는 제도이다.

신용대출은 연 4.5% '고정금리'이다.

상환의지가 있는 사람에게만 대출승인이 떨어지니 연대보증인 입보나 보증보험 가입은 하지 않는다.

우선은 전 인구의 20% 정도가 몰려 있는 서울특별시부터 시작한다. 각 행정동마다 지점 하나씩이다.

각각에는 지점장 1명, 대출상담 4명, 서무 2명, 경비원 1명으로 구성되며, 4개의 마법의자가 배치된다.

지점당 8명이니 3,392명이 필요하다.

본점은 임시로 구수동 Y—엔터 사옥 근처의 적당한 건물 하나를 매입하여 재건축 또는 리모델링하여 사용한다.

본점 대표이사는 하인스 킴이고, 모든 업무를 총괄할 전무이사는 천지건설에 재직 중인 김지윤 차장이 어떨까 싶다.

현행 '대부업법'에는 외국인이 국내에 대부업 등록을 하는 경우 특별한 제한을 두지는 않는다.

다만 '업무 총괄 사용인'을 두도록 권유하고 있다.

현수가 김지윤을 떠올린 건 이전에도 이실리프 뱅크의 은행장으로서 훌륭하게 임무를 수행해 낸 바 있으니 적임자라 생각한 때문이다.

어쨌거나 김지윤을 보좌하여 조직을 탄탄히 할 직원들을 뽑으면 Y—파이낸스에 근무하는 총인원은 3,500명 정도가 될 것이다.

여기까지가 1차 목표이다.

이후 점차 영역을 넓혀 전국을 커버하는 것이 2차 목표이다. 이때가 되면 일본계 자금과 조폭자금 등은 완벽하게 밀어낼 수 있을 것이다.

이자율이 승부수이다.

감히 따라올 수 없을 저리를 유지하면 금방 끝날 일이다.

3차는 대한민국의 모든 대부업체들의 완전한 고사(枯死)이다. 돈 놀이로 서민의 고혈을 빨던 자들의 수익을 완전히 끊어내는 것이 목표이다.

아래는 2016년 3월 8일 뉴스 가운데 하나이다. 현수의 또 다른 목표와 관련이 있다.

ㅇㅁ은행의 외국인 지분비율은 67.62%(12월 말 기준)로 가장 높다. 배당금도 473억 원으로 제일 많았는데 이 중 319억 원이 외국인 투자자의 몫이다.

보다시피 대한민국의 국부(國富)가 지속적으로 빠져나가고 있음을 의미한다.

그마나 다행한 것은 외국인들이 굳이 한국의 은행주식을 들고 있어야 할 이유가 적어진 것이다.

국내은행이 글로벌 투자자들로부터 외면 받는 가장 큰 사유는 '낮은 수익성' 때문이다.

시중은행들은 예대마진 외엔 특별한 수익이 없다.

다른 말로 표현하자면 대한민국의 시중은행들은 '수익 다변화 운용역량'이 현격하게 부족하다.

한마디로 '능력 부족한 범생이'라는 뜻이다.

둘째는 부실기업 증가로 인한 대손충당금[17] 여파가 크다. 이로 인해 전년 대비 순이익이 14%나 줄어들었다.

---

17) 대손충당금(allowance for bad debts) : 재무상태표의 자산으로 표기되는 받을어음 · 외상매출금 · 대출금 등 채권에 대한 공제의 형식으로 계산되는 회수불능 추산액

그 결과 국내 은행의 2015년 기준 자기자본이익률(ROE)[18]은 6.2%에 불과하다.

참고로, 같은 시기의 지나는 16.4%, 미국은 9.9%, 일본은 7.9%였으니 현저히 낮음을 부인할 수 없다.

정부가 지분을 보유하고 있는 우리은행을 제외한 나머지 국내 3대 은행지주의 외국인 지분은 67%에 달한다.

주주의 3분의 2가 외국인이라는 의미이다.

따라서 시중은행에서 벌어들이는 막대한 수익 중 3분의 2 정도가 외국인에게 배당된다.

조만간 슈퍼노트로 인한 주가 대폭락 사건이 빚어질 것이다. 도로시가 해외은닉자금과 검은 돈들을 모조리 회수한 여파로 더 빨리 시작될 것이다.

도로시는 슈퍼노트가 출현하면 국내 주가가 63.2% 정도 하락할 것으로 예측했다. 모르긴 몰라도 지극히 보수적인 관점이었을 것이다.

실제론 70% 이상 폭락할 확률이 매우 높다. 인간의 군중심리 때문이다. 따라서 주당 1만 원 하던 주식의 가치가 어느 날 갑자기 3,000원 이하가 된다.

2016년 4월 10일 현재 시중은행 시가총액은 다음과 같다.

---

18) 자기자본이익률(Return On Equity) : 기업의 자기자본에 대한 기간 이익의 비율

은행명	시가총액
IBK 기업은행	9조 5,798억 원
KB 국민은행	12조 6,530억 원
우리 은행	6조 2,530억 원
하나 금융지주	6조 8,229억 원
신한 금융지주	18조 7,072억 원
합계	54조 159억 원

도로시는 기업은행, 국민은행, 우리은행, 하나은행, 신한은행의 시가총액 합계가 16조 2,047억 원 이하로 떨어지게 될 것을 예언했다.

경영권 확보가 목적이라면 50.1%인 8조 1,186억 원 어치만 매입하면 된다.

어쨌거나 외국인들이 보유한 은행주식을 모두 매입해 두었다가 적당한 시기에 'Y−뱅크'로 명칭을 변경할 생각이다.

Y−뱅크와 Y−파이낸스가 출범하게 되면 제1금융권과 제2금융권 모두에 자리를 잡는 것을 의미한다.

이때부터는 후진적인 금융시스템을 바로잡는 작업이 실시될 예정이다.

막대한 자금과 선진 경영기법이 있으니 불가능한 일이 아니다.

현수가 이런 생각을 품는 것엔 이유가 있다.

정부의 금융정책이 국제시류를 타지 못하거나 그릇된 인식을 가진 자가 경제사령탑의 수장으로 있을 경우 오도(誤導)될 확률이 매우 높고, 이를 바로잡을 방법이 없다.

가장 극적인 예가 대한민국이 겪은 IMF 시절이다.

외환위기가 시작된 1997년 10월과 11월 사이에 대한민국 정부는 환율급등을 막기 위해 118억 달러를 외환시장에 쏟아부었다.

그 결과 '대외부채 상환용 외환'이 부족해져서 IMF 구제금융을 신청할 수밖에 없었다.

당시에 국제지표를 정확히 읽어낼 줄 아는 경제전문가가 있다면 환율방어에 보유외환 전부를 몰빵 하는 어리석은 짓은 하지 않았을 것이다.

어쨌거나 현수의 최종목표는 전 세계가 하나의 화폐를 쓰는 것이다.

화폐가 통일되면 많은 문제가 사라진다. 환율 조작으로 분탕질치려는 종자들이 있을 수 없기 때문이다.

문제는 어떤 화폐가 그 역할을 하느냐이다.

다시 말해 어느 나라가 세계 경제의 주도권(Hegemony, Initiative)을 잡느냐가 매우 중요하다.

현재의 기축통화는 미국 '달러' 이고, 불태환화폐이다.

반면, 이실리프 제국의 밤(BAM)화는 태환화폐[19]였다.

1,000밤은 황금 1g의 가치를 지녔다.

이실리프 제국의 황제 김현수는 황금 1g의 가치를 5만 원으로 고정시켰다.

따라서 1밤의 가치는 50원과 동일하다.

환율의 변화도 없고, 금값의 변동 또한 없다.

이들 둘에 의해 휘둘리는 불안정한 경제상황이란 걸 완벽하게 없애버린 것이다.

어쨌거나 막대한 양의 황금을 보유하고 있음을 증명했기에 밤(BAM)화는 전 세계의 열렬한 찬성 속에서 기축통화 자리를 확고히 했다.

이 화폐는 마법처리가 되어 위조가 불가능하다.

현수 이외엔 어느 누구도 알지 못하는 '고감도 마나감응 마법진'이 새겨진 결과이다.

이런 걸 모르고 위조하겠다고 나선 인물들이 있었다. 그들의 공통점은 모두 감옥에서 여생을 마쳤다는 것이다.

어쨌든, 미국의 달러화는 위조가 가능하다. 그렇기에 곧 슈퍼노트가 출현하게 될 것이다.

도로시가 해외은닉 재산 등 검은 돈들을 모조리 회수하는

---

19) 태환화폐 : 금속화폐는 주조(鑄造)에 소요되는 비용이 크며, 유통되는 과정에서 파손될 가능성이 높고 휴대가 불편하다는 단점이 있다. 따라서 정부가 금화를 주조하지 않고 일정한 용량의 금으로 바꿔주겠다는 약속 하에 발행하는 화폐

바람에, 그리고 더욱 정교하게 찍어낼 수 있도록 슬쩍 도움을 베풀었기에 예상보다 훨씬 빨리 등장하는 것이다.

이제 곧 달러화 가치가 폭락할 것이고, 동반하여 모든 증시가 블랙 먼데이[20] 못지않게 대폭락할 예정이다.

현재는 달러화의 위상이 대단히 높기에 충격파는 대단할 것이다.

도로시는 코스피와 코스닥이 현재의 42.76% 정도로 폭락할 것이라 진단했다.

시가총액 합계가 2,175조 원이었는데 졸지에 930조 원 정도로 찌그러지게 된다는 뜻이다.

이는 매우 보수적인 관점에서의 예상이다. 실제론 얼마로 떨어질지 아직은 알지 못한다.

한 가지 분명한 것은 주가가 엄청 폭락한다는 것이다.

위기 속에 기회가 있다고 했듯 누군가는 떼돈을 벌 수 있다. 문제는 그럴 밑천이 없다는 것이다.

은밀하게 감춰두었던 돈 거의 전부가 사라졌다.

하여 기업인, 정치인, 언론인 등이 혈안이 되어 행방을 찾는 중이다.

주식을 매입할 돈도 없지만 그런 기회가 와도 시선을 줄 마음의 여유가 없을 것이다.

---

20) 블랙 먼데이 : 1987년 10월 19일 뉴욕 월 스트리트에서 하루 만에 주가가 22.6%나 빠진 사건. 주식시장의 과도한 쏠림이나 구조적인 문제로 나타나는 시장의 급락을 지칭하는 말

하지만 도로시는 다르다.

주가폭락이 언제 도래할지 분명히 알고 있으며, 그것을 무차별적으로 사들일 돈도 있다.

문제는 자금 출처이다.

Chapter 09
—
당사자는 모르는 일

　어느 날 'Y-인베스트먼트'라는 법인이 조세회피처에 만들어졌다. 그리고 막대한 돈을 쏟아낸다.

　다들 돈이 없어져서 난리가 났는데 홀로 독야청청하다면 당연히 색안경을 끼고 바라볼 것이며, 자금 출처에 관한 면밀한 조사가 실시될 것이다.

　모르긴 몰라도 전 세계의 모든 정보기관들이 유기적으로 정보를 주고받으며 추적할 것이 분명하다.

　지극히 논리적인 도로시 게일이 이런 상황을 예상하지 못했다는 건 말이 안 된다.

　그렇기에 Y-인베트스먼트의 자금은 출처가 분명하도록 소멍사료를 조작해 두었다.

Y—인베스트먼트는 2010년 1월 2일에 출범하였고, 자본금은 개인과 법인 등이 출자해서 조성되었다.

최초 자본금은 100억 달러였는데 현재는 1,000억 달러 이상으로 불어난 상태이다.

출자자 중 일부는 말레이시아, 태국, 쿠웨이트, 요르단, 카타르, 사우디아라비아, 오만, 바레인, 아랍에미리트, 네덜란드, 노르웨이, 덴마크, 룩셈부르크, 리히텐슈타인, 모나코, 벨기에, 스웨덴, 스페인, 영국, 브루나이 등 많은 국가와 관련 있다.

이들 국가의 공통점은 '입헌군주국' 또는 '왕정국가'라는 것이다.

도로시는 이들 국가의 국왕 또는 왕실 명의로 페이퍼컴퍼니를 만들었다.

물론 그 국가와 당사자는 전혀 모르는 일이다.

이뿐만이 아니다.

푸틴, 습근평, 오바마, 올랑드 같은 각국 대통령과 메드베데프, 메르켈, 트뤼도, 캐머런 같은 총리들의 명의도 있다.

이밖에 빌 게이츠, 워렌 버핏, 마크 주커버그, 래리 앨리슨 등 세계적으로 이름난 부자들의 명의로 만들어진 페이퍼컴퍼니가 Y—인베스트먼트의 출자자 중 일부이다.

추가로 록펠러, 디즈니, 로스차일드, 카네기, 라이만, 만수르 등 세계적인 부호가문의 일원들도 페이퍼컴퍼니의 대표이사로 등재되어 있다.

물론 당사자는 전혀 알지 못하는 사실이다.

아무튼 이들의 이름이 노출되면 추적을 하다 멈출 수밖에 없고, 고개를 끄덕이며 물러설 수밖에 없을 것이다.

그만한 자금을 출자할 능력이 있다고 판단될 것이기 때문이다. 이런 일은 도로시에게 있어 너무도 쉬운 일이다.

'디지털 세계의 신(神)'이나 마찬가지이니 당연하다.

어쨌거나 출자자 중 하나가 '남아프리카공화국 국적의 의사 하인스 킴'이다.

그리고 바하마 저택의 금고엔 출자자 전원이 모든 권한을 일임한다는 공식문서가 보관될 예정이다.

이는 사본이 아닌 진본이며, 모두 친필 사인이 들어간 문서이다. 만능제작기만 있으면 어렵지 않은 일이다.

어쨌거나 Y—인베스트먼트는 법률적으로 완전하다.

자금 출처 또한 그러하다. 실제로 그들 명의의 계좌에서 출자금이 송금된 것으로 되어 있다.

물론 기록만 그런데 그것도 도로시가 허락하지 않으면 어느 누구도 확인할 수 없다.

도로시는 전 세계 모든 컴퓨터를 모두 들여다보고 있다.

언제(when), 어디서(where), 누가(who), 무엇을(what), 어떻

게(how), 왜(why) 확인하고 있는지 환히 꿰뚫고 있다.

따라서 필요할 때마다 슬쩍 보고 싶은 정보를 확인할 수 있도록 아주 잠깐 허용하는 것이 가능하다.

물론 정보를 확인한 자에게 적절한 시기에, 적절한 상대로부터, '무시무시한 경고'의 메시지를 받게 하는 것도 어렵지 않은 일이다.

예를 들어, CIA 본부의 케네시 윌리엄스가 추적을 하면 다른 건 다 막아도 블라디미르 푸틴의 계좌를 확인할 수 있도록 잠시 허용해 준다.

그리고 30분이 지나기 전에 다음과 같은 이메일 또는 문자 메시지를 받도록 한다.

《긴급경고》

귀하는 2016년 4월 17일 오후 18시 48분 31초에 아국 대통령의 계좌를 무단으로 열람한 바 있다.

이는 심각한 불법행위임을 엄중히 경고한다.

열람한 내용을 상부에 보고하거나, 타인에게 발설할 경우 엘리사 윌리엄스와 테리 윌리엄스, 그리고 저메인 윌리엄스의 시체와 조우할 수 있음 또한 엄중히 경고한다.

이밖에 도날드 윌리엄스와 샐리 윌리엄스의 생명 또한 온전하지 못할 수 있음도 경고한다.

참고로, 아래는 위에 언급된 이들의 주소와 연령, 그리고 연락처이다.

엘리사 윌리엄스 (1976. 11.13) 276—3313—5216…
테 리 윌리엄스 (1990. 05.08) 276—8544—5216…

이 메시지를 확인하는 순간 케네시 윌리엄스는 등골이 서늘할 것이다. 누가 보냈는지 대충은 짐작할 것이기 때문이다.

아울러 아내와 두 아들, 그리고 부모가 언급되었으니 심각한 위기의식을 느끼게 될 것이다.

나이, 성별, 거주지 및 연락처 등이 완벽하게 일치한다.

입을 잘못 놀리면 일가족이 몰살될 것이라는 경고를 무시할 사람은 거의 없다.

따라서 확인된 내용은 조용히 폐기된다.

그러곤 몇날 며칠 동안 불안과 공포에 질린 상태가 되어 벌벌 떨게 될 것이다.

케네시 윌리엄스에게 아주 각별한 애국심이 있어 위험을 무릅쓰고 상부에 보고하는 경우가 있을 수도 있다.

그 즉시 윌리엄스 가족의 모든 계좌가 탈탈 털려 알거지가된다.

그리고 은행 대출금은 기존의 10배쯤으로 커지고 계속 연체하고 있는 것으로 바뀌게 된다.

물론 신용카드 등도 당연히 거래 중지된다.

노후연금을 받던 부모는 졸지에 수입이 끊기게 된다.

출생기록, 학적기록, 병무기록, 의무기록, 법무기록, 시민권 및 사회보장번호, 연금기록 등이 전산에서 모두 삭제되기 때문이다.

뿐만 아니라 총기밀매나 마약밀반입과 관련된 중대범죄 용의자 신분이 되어 추적당하게 된다.

케네시의 아내는 직장을 잃을 것이고, 거액의 부정을 저질렀거나 회사에 큰 손해를 입혀 막대한 금액을 배상해야 하는 처지로 전락하게 될 것이다.

자녀들의 출생기록과 학적기록, 의무기록 등도 모조리 삭제된다. 불법이민 가정인 것으로 조작되는 것이다.

미국 법원은 법률에 따라 부모와 아내, 그리고 자식들 모두 국외추방 조치할 것이다.

케네시 윌리엄스 본인은 러시아에서 CIA에 몰래 심어 놓은 스파이로 신분이 세탁된다.

아울러 국가의 중요한 기밀을 '러시아 해외정보국' SVR로 넘긴 명백한 증거가 드러나게 된다.

간첩이니 당연히 감옥행이다. 그리고 그곳에 오래 머물게 된다.

미래가 완전히 끝장나는 것이다.

케네시 윌리엄스로부터 보고를 받은 상사 역시 엄중한 경고의 메시지를 받는다.

무엇을 선택하든 본인이 판단할 일이지만 경고를 무시할 경우 케네시 윌리엄스 못지않은 강력한 보복을 당하게 될 것이다.

도로시가 경고의 내용과 달리 직접적으로 물리적인 타격을 입힐 수 없기에 사회적 매장으로 보복하는 것이다.

어쨌거나 도로시는 만약의 경우를 헤아린 모든 조치를 강구해 두었다.

그렇기에 블랙 먼데이 못지않은 대폭락 사태가 빚어질 때 코스피와 코스닥 주식을 모조리 쓸어 담아도 의심의 눈초리를 받지 않을 것이다.

Y-인베스트먼트 명의로 매집하는 주식은 최대 4.99%가 될 것이다.

5%룰에 따른 공시를 하지 않으려는 의도이다.

나머지는 각각의 페이퍼컴퍼니 명의로 매입하되 이 역시 4.99%를 넘기지 않을 것이다.

그렇게 하여 50.1% 이상이 매집되면 그 즉시 주주총회를 소집한다.

얼마 되지도 않는 지분으로 그룹 전체를 좌지우지하면서 사회적 문제를 일으킨 경영진 및 일가족, 그리고 이에 빌붙어

딸랑거리던 임원들을 내쫓을 목적이다.

다음은 '갑질한 년놈 축출'이다.

돈 좀 있다고 없는 사람 업신여기고 종 부리듯 했다면 예외 없다. 차순위는 기업에 몸담고 있는 친일파와 그 후손들이다.

이들이 주류사회로부터 배척당하고 쫓겨나는 이유는 단 하나이다.

'이웃으로 살 만한 자격이 없는 벌레 같은 년놈들!'

어쨌거나 쫓겨나가면 다시는 상장기업 근처에도 발을 붙이지 못하게 된다.

현수가 대한민국의 모든 상장기업들의 경영권을 장악할 것이니 불가능한 일은 아니다.

그리고 그렇게 되도록 내버려둘 도로시도 아니기 때문이다.

새로운 사업을 시작해도 결코 성공할 수 없다.

상장사와의 직접적인 거래는 당연히 불가하다.

상장사에 납품하는 회사 또는 하청사들과의 거래 또한 어려울 것이다. 그렇게 되도록 놔둘 이유가 전혀 없기 때문이다.

치킨집이나 빵집 같은 영세사업을 시작해도 마찬가지이다. 소비자들의 주문전화는 늘 통화 중인 상태가 된다.

취직은 안 되고, 사업도 안 된다. 그러다 있는 돈을 다 까먹으면 최하층 빈민으로 전락하게 된다.

잘 먹고 잘 살다가 가난을 경험하게 되니 힘들고 불편하겠지만 그게 끝이 아니다.

적어도 5대 후손까지는 거지 신세를 못 면하도록 완벽하게 제어할 예정이다.

죄지은 자들의 후손은 학력 낮고, 직업이 변변치 못하며, 수입이 적을 것이다.

여기에 배경마저 시원치 않아지니 웬만하면 결혼도 여의치 않을 것이다.

그래도 연애를 시작한다면 상대에게 결혼을 하면 어떤 취급을 받을지에 대한 메시지를 발송한다.

뭐, 그래도 결혼을 강행한다면 똑같이 취급해주면 된다.

누군가 연좌제라며 비난을 할지 모르겠으나 현수나 도로시는 그딴 말에 휘둘릴 정도로 마음이 여리지 않다.

다시 말해 독한 마음으로 완전한 몰락의 길로 인도해준다.

다른 나라로 이민을 가고 싶어도 수중에 땡전 한 푼 없는 알거지 신세라 불가능할 것이다.

이를 확실히 하기 위해 5,100만 명이 넘는 인구 모두와 해외동포들에 대한 조사가 끝난 상태이다.

다시 말해 전국민 블랙리스트가 작성 완료되어 있다.

명단에 있는 이들은 어떠한 경우라도 자선(慈善)의 손길을 받지 못한다. 남들에게 못할 짓을 한 대가이다.

  아무튼 경영자들이 쫓겨난 기업은 전문경영인 체재가 될 것이고, 도로시가 막후 지배자가 되어 컨트롤하게 된다.

  인적 정리가 끝나면 복잡하게 얽힌 순환출자의 고리를 끊는다.

  각각이 재벌의 계열사가 아닌 독립적인 별개의 회사가 되어 스스로 경쟁력을 갖도록 키운다.

  당연히 '일감 몰아주기' 같은 관행은 사라진다.

  기업이 상장하는 이유는 몇 가지가 있다.

  투자를 목적으로 회사채를 발행할 때 비상장기업보다 유리한 금리로 발행할 수 있다.

  유상증자를 할 때 공모가 쉬워 큰 규모의 자금을 손쉽게 유치할 수 있다.

  상장 뒤에는 주주들의 주식 유동성이 높아져 증시에서만 주식을 거래해도 현금을 확보하기가 쉽다.

  현수가 기업을 장악하게 되면 외부로부터 투자받을 이유가 전혀 없다. 은행으로부터의 대출도 마찬가지이다.

  따라서 굳이 상장을 유지할 필요가 없다.

  기업 상장이 장점만 있는 것은 아니다.

기업이 상장을 유지하려면 행정적 절차를 밟아야 한다. 당연히 비용이 지불되는 일이다.

회사의 투명성을 유지하기 위해 분기마다 작성해야 하는 사업보고서와 각종 공시(公示)를 해야 할 의무가 있다.

주주가 있으니 주식관련 부서도 있어야 하고, 주가 안정을 휘한 재무홍보 활동도 해야 한다.

따라서 상장을 폐지하면 몇 가지 장점이 발생한다.

신속한 의사결정 구조를 확립할 수 있을 뿐만 아니라, 경영관리가 손쉬워진다.

이익에 대한 배당을 할 이유가 없고, 경영권 위협으로부터 자유롭다. 외부로부터 간섭이 없는 것이다.

투기자본이 인수합병(M&A)을 통해 부당한 방법으로 이득을 챙기는 일이 빚어질 수 없다.

도로시는 곧 있을 대폭락을 대비한 만반의 준비를 갖추는 중이다. 그 대상은 대한민국에 국한되지 않다.

현수에게 보고하지는 않았지만 세계 모든 국가의 주요기업 주식들도 집중적으로 매집할 예정이다.

마이크로소프트, 애플, 구글, 아마존 등 IT기업뿐만 아니라

석유메이저과 곡물메이저 등도 포함되어 있다.

0.1~0.5% 범위로 분산하여 매입하려는 이유는 감시의 눈초리로부터 자유롭기 위함이다.

현재는 수많은 선물거래[21]가 진행되는 중이다.

특별히 일본과 이스라엘, 그리고 유태계 기업이 피해를 입는 쪽으로 집중되어 있다.

이번 기회에 힘을 왕창 빼어놓으려는 의도이다.

징치대상에서 지나가 빠진 건 홍수로 인해 거덜 난 상태라 주식을 사고 싶어도 그럴 수가 없다.

또한 일부 자치구를 제외한 전역이 정전 상태라 모든 증시가 열리지 않고 있다.

어쨌든 상장폐지를 한 다음엔 기업 간 과당경쟁이나 중복투자를 줄여서 효율을 높일 생각이다.

기업의 체질을 개선시켜 난관에 봉착하더라도 스스로 견뎌내고, 이길 수 있는 힘을 길러주려는 것이다.

*   *   *

"폐하! Y—파이낸스 설립신고 완료되었어요."

---

21) 선물거래(Futures) : 장래 일정시점에 미리 정한가격으로 매매할 것을 현재 시점에서 약정하는 거래. 미래의 가치를 사고파는 행위. 선물의 가치가 현물시장에서 운용되는 기초자산(채권, 외환, 주식 등)의 가격 변동에 의해 파생적으로 결정되는 파생상품(derivatives) 거래의 일종

"어! 그래? 수고했네."

"수고는요."

디지털 세계의 신과 다름없기에 기록을 만들고 유지시키는 것은 누워서 떡 먹는 것처럼 쉽다.

"자본금은 얼마로 했어?

"일단 10억 달러예요."

"겨우 10억 달러? 조금 적지 않아?"

"1조 1,757억 5,000만 원이 적어요?"

"그거 금방 소진 될 걸? 나는 말이지……."

잠시 현수의 말이 이어졌다.

Y—파이낸스는 일회용 사업이 아니다. 대부업체들이 모두 무너져도 Y—뱅크와 별도 영업을 할 계획이다.

대한민국에 다시는 사채업이 발붙일 수 없도록 자리매김 하려는 것이다.

현수는 424개 행정동 적당한 곳에 4~5층짜리 건물을 하나씩 구입하거나 지을 생각이라고 하였다.

건물 하나 당 30억 원이라면 1조 2,720억 원이 필요하고, 50억 원이라면 2조 1,200억 원이 필요하다.

30억 짜리 건물 424채의 등기비용은 약 636억 원이고, 50억 짜리라면 1,060억 원이 필요하다.

뿐만 아니라 쓸 만하게 개보수하는 비용이 추가되어야 한다.

이런 상황에 자본금이 10억 달러라면 대부업을 시작도 못해볼 수 있다.

"그럼 얼마로 해요?"

"50억 달러로 해! 조금 더 있다가 더 증자할 거구."

"그렇게 많이요?"

"응! 마음 같아선 100억 달러로 시작하고 싶지만 이목이 있다며."

"네! 지금은 각국 첩보기관이 총동원된 상태예요."

도로시의 말은 사실이다.

세계 각국의 모든 첩보 및 정보기관은 물론이고, 공무원 조직까지 모두 나서서 돈의 행방을 쫓고 있다.

그걸 찾지 못하면 목숨이 위험한 사람이 아주 많다.

Young Lee의 재정담당 비서관으로서 각각 1조 원대 자금을 핸들링하던 강현욱과 이진철, 그리고 최영수가 그러하다.

이들처럼 윗사람의 검은 돈을 관리하던 자들은 전전긍긍하는 중이다.

착복한 놈으로 의심받기 때문이다.

하여 부하들을 모질게 닦달하며 싸그리 뒤지는 중이다.

걸리기만 하면 요절을 낼 뿐만 아니라 가루가 되도록 깔 생각이다.

이런 상황이니 갑작스러운 거액의 출자자가 나타나면 당연히 뒤를 캘 것이다.

"폐하의 의중은 잘 알았어요. 이제 제 생각을 말씀드려도 될까요?"

"그래? 그럼 말해봐."

"Y—파이낸스는 고객을 찾아다니는 업체가 아니에요. 고객들이 아쉬워서 일부러 찾아야 하는 곳이지요."

"그래! 그건 도로시의 말이 맞아."

쫓아다니면서 돈을 빌려주겠다고 애걸할 건 절대 아니다.

거꾸로 고리(高利) 내지 폭리(暴利)에 시름하는 서민들이 눈에 불을 켜고 찾아다닐 곳이다.

"따라서 424개 행정동 모두에 점포를 만들 필요는 없다고 봐요. 서울의 경우는 1개 구(區)당 4곳 정도만……."

잠시 도로시의 말이 이어졌다.

424개 행정동에 건물을 매입하거나 새로 짓는 것보다는 1개 구당 4곳씩 총 100개 지점을 만들자는 것이다.

"준주거지역에 200평 정도 되는 땅을 매입한 뒤……."

이 땅에 지하 2층, 지상 7층짜리 건물을 신축한다.

참고로, 서울시 조례를 보면 준주거지역의 건폐율은 60% 이하, 용적율은 400% 이하로 규정지어져 있다.

지하 2층은 최대한 넓게 파고 효율적 공간 활용을 위해 자동차승강기를 설치한다.

이렇게 하면 진입램프가 필요 없어서 더 많은 차량을 주차

할 수 있다.

반지하인 지하 1층은 180평 정도로 Y—어패럴 공장으로 사용할 계획이다.

이곳에서 원자재인 옷감을 만들어낼 수는 없지만 부자재인 단추와 지퍼, 핀, 라벨 등은 충분히 생산할 수 있다.

아울러 봉제[22] 작업도 가능하다.

어쨌거나 서울에만 비슷한 크기의 공장 100개가 운영되는데 각각의 공장에선 한두 가지 작업만 한다.

어느 곳은 재단만 하고, 어떤 곳은 미싱질만 하며, 한 곳에선 다림질만 하고, 또 다른 곳에선 포장만 하는 식이다.

단순노동에 가깝기에 배우면 금방 투입될 수 있다. 굳이 숙련자가 아니어도 괜찮으니 일손 구하기가 쉽다.

단점이라면 이직률이 높을 수 있다는 것이다.

급여는 동종업계 최고 수준이겠지만 근로자 본인이 생각하기에 따라 장래성이 별로라고 판단할 수 있다.

따라서 더 좋은 직장이 생기면 쉽게 떠날 것이다.

그래도 상관은 없다. 불경기라 일거리를 찾는 사람이 많고, 한 곳에서만 집중적으로 뽑지 않기 때문이다.

지방까지 확대되면 500~1,000개 공장이 운영될 것이다.

공장 하나당 10명만 뽑아도 5,000~10,000명을 고용하는

---

22) 봉제(縫製) : 재봉틀이나 손으로 바느질하여 의류나 완구 따위의 제품을 만드는 일

효과가 발생된다.

　아무튼 이곳에서 만들어진 것들은 택배회사를 이용하여 이동시킨다. 화물차 구입과 운전기사 고용은 필요 없다.
　바닥면적이 120평인 1층과 2층은 임대상가이다.
　1층엔 미용실, 분식집, 이발소, 제과점, 꽃집, 세탁소 등이 입주하도록 한다.
　2층엔 레스토랑이나 카페, 음식점 같은 요식업체가 입주하도록 한다.
　1, 2층 모두 대기업 관련은 가급적 지양한다. 영세자영업자를 돕기 위한 임대이기 때문이다.
　3층 절반은 Y─파이낸스가 사용하고, 나머지는 Y─어패럴과 Y─메디슨, 그리고 Y─코스메틱 매장으로 사용한다.
　4층부터 6층까진 전용면적 18.5평짜리 18가구를 조성한다. 아파트로 치면 25평형에 해당되는 것이다.
　최상층인 7층엔 전용면적 25.7평짜리 3가구를 만드는 데 각각 작은 텃밭을 갖도록 한다. 32평형 아파트 규모이다.
　세련된 인테리어로 마감될 21채의 주거공간은 Y─파이낸스, Y─어패럴, Y─메디슨, Y─코스메틱 직원 중에서 주거가 필요한 사람에게 배정된다.
　Y─인베스트먼트 소속이 될 건물 관리인도 입주할 수 있다.

당연히 모두 무상제공이다.

이 건물 역시 모든 유리창에 태양광발전 필름이 부착된다.

미래기술과 마법이 적용된 효율 91.8%짜리이니 조명과 냉 난방, 그리고 취사 등에 필요한 전력은 충분히 공급될 것이다. 따라서 입주자들은 상하수도 요금만 부담하면 된다.

1~2층 상가 보증금 및 월세와 관리비는 주변 시세보다 훨씬 저렴할 것이다. 50~60% 수준을 고려하고 있다.

5년간 월세 및 관리비 인상이 없을 것이며, 1회에 한해 5년간 추가 임대가 가능하다.

이때에도 월세 및 관리비 인상은 없다. 원한다면 10년 간 마음 편히 장사해 보라는 뜻이다.

건물주가 영세자영업자들의 이익을 쥐어짜는 것과 젠트리피케이션[23] 이 마뜩치 않기 때문이다.

다만 10년 후엔 건물주의 요구가 있을 때 두말 않고 퇴거해야 함을 계약서에 명시할 생각이다.

스위트 클로버 제품군과 향수, 자동차 등을 취급하게 되면 매장으로 사용하려는 의도이다.

---

23) 젠트리피케이션(gentrification) : 낙후된 구도심 지역이 활성화되어 중산층 이상의 계층이 유입됨으로써 기존의 저소득층 원주민들이 쫓겨나는 현상

"준주거지역이라면 평당 3,000만 원 또는 그 이상이겠군."

"평균적으론 그 정도일 거예요. 따라서……."

잠시 도로시의 설명이 이어졌다.

평당 3천만 원씩 200평이면 땅값만 60억 원이다.

건물 올리는 비용은 대략 58억 원 정도이다. 평당 건축비를 500만 원으로 잡은 가격이다.

이밖에 기존건물 철거비와 설계비, 그리고 부동산 취 ? 등록세 및 등기비용 등도 필요하다.

이것들을 모두 합산하면 건물 하나 당 대략 130~140억 원 정도가 소요된다.

이런 건물 100채면 1조 3,000~4,000억 원이 있어야 한다는 결론이 내려졌다.

"그러니까 자본금을 늘려야 한다고."

"맞는 말씀이긴 한데 지금은 조심스러워야 할 시기예요."

"누가 몰라? 그래서 돈 좀 만들어보라고 한 거잖아. 지진으로 얼마나 벌 수 있어?"

"구마모토 지진으론 45억 2,500만 달러 정도구요. 에콰도르 건 8억 3,000만 달러 정도예요."

"애개, 겨우 그거야? 너무 보수적으로 계산한 거 아냐? 적극적으로 달려들면 더 늘어나지 않겠어?"

"그러기엔 폐하의 합법적인 돈이 너무 적어요."

"얼마가 있는데?"

"아일랜드 데프 잼 레코딩스에서 저작권료로 송금한 금액은 1,000만 달러예요."

이 돈으로 불과 며칠 사이에 53.55배를 벌어들이겠다는 뜻이다. 그런데 양에 차지 않는다.

"그렇다면 헛소문은 어떨까?"

"어떤… 헛소문이요?"

"구마모토에서 일어날 지진 규모가 6.5라고 했지?"

"네! 맞아요."

"그 뒤에 본진이 있다고 소문이 나면 어떨까? 리히터 규모 8.5 정도 되는 대지진의 전조(前兆)라고……. 그러면 심리적 패닉상태가 되어 주가가 폭락하지 않을까?"

"진심이신 거죠?"

"그래! 지금은 당장 돈이 필요하니까. 사실도 아니고. 주가가 잠시 출렁이기는 하겠지만 금방 도로 올라가지 않겠어?"

"그러니까 헛소문으로 주가를 흔들어서 돈을 쓸어 담자는 말씀이신 거죠?"

"맞아! 근데 비도덕적인가?"

"헛소문이란 늘 있는 거니까요. 기록을 보니 구마모토현 지진 발생 직후 '조선인이 우물에 독을 탔으니 조심하라'는 헛소문이 나도네요. 이건 언론에 보도될 내용이에요."

며칠 후에 일어날 일을 이야기하는 것이다.

"그래? 1923년 관동대지진 때도 그런 말이 있었어."

현수의 말처럼 관동대지진 당시 '조선인이 폭동 · 방화를 저질렀다' 거나 '일본인을 죽이려고 조선인이 우물에 독을 탔다' 는 등 터무니없는 소문이 번졌다.

그 결과 많은 조선인들이 학살된 바 있다.

이른바 '관동대학살' 이라 부르는 이 사건은 일본 경찰과 군대를 중심으로 이뤄졌으며, 일부 지역에서 조성된 자경단도 가담한 것으로 조사됐다.

"맞네요. 일본 군인과 경찰은 총검을 사용하였지만 자경단은 죽창과 곤봉 등을 사용하였고, 경찰서나 관공서로 피신하여 보호를 요청하는 사람들까지 관헌(官憲)들이 지켜보는 가운데 폭행하고 살해하는 만행을 저질렀어요. 그리고……"

잠시 도로시의 말이 이어졌다.

관동대지진 직후 도쿄에서 752명, 가나카와 현에서 1,052명, 사이타마 현에서 239명, 지바 현에서 293명 등 일본 각지에서 6,661명의 조선인이 억울하게 학살당한 것으로 집계되었다.

학살자의 대부분은 시신조차 찾지 못하였다.

일본 정부는 군대와 경찰 등 관헌의 학살은 은폐하고, 그

책임을 전부 자경단에 돌렸다.

그렇게 재판에 회부된 자경단원들은 증거불충분을 이유로 모두 석방되었다. 죽은 이들만 억울하게 된 것이다.

도로시의 설명을 들은 현수가 이를 갈았다.

"뿌드득—! 쪽발이들이 또 그런단 말이지? 도로시, 이번 지진 조금 더 세게 가능해? 8.5나 9.0 정도 되지?"

"아뇨! 시간이 없어서 7.3까지만 가능해요."

지진을 일으키려면 에너지를 축적시켜야 하는데 그럴 여유가 없음을 지적하는 말이다.

"할 수 없지. 그렇게라도 해. 그리고 헛소문도 퍼트려. 다음 지진은 최하 8.5 이상이라고. 이건 황명이야!"

리히터 규모 8.5면 지상의 모든 건축물들이 남김없이 파괴될 규모의 엄청난 대지진이다.

"넵!"

도로시는 잠시 묵음모드로 들어갔다. 9개 위성에 황제의 명령을 세세히 전달하여야 하는 까닭이다.

그렇게 잠시의 시간이 흐르는 동안 Y—파이낸스에 관한 생각을 해보았다.

지점수가 100개로 줄었으니 Y—파이낸스 지점에 배치될 직원수도 800명으로 줄어든다.

본점엔 김지윤 차장을 전무이사로 배치하고 휘하에 100명 정도 인원을 배치하면 총원 900명이다.

2015년 연말에 조사 된 통계자료에 의하면 시중은행의 평균연봉은 약 8,000만 원이다.

은행장으로부터 신입사원까지 연봉의 평균이다.

Y—파이낸스 직원 900명에게 이 연봉을 적용하려면 연간 720억 원이 필요하다.

1조 6,000억 원을 신용 대출해야 발생되는 이자이다.

예전의 기억을 떠올려 보니 이 정도 금액은 불과 몇 달 만에 대출된다. 그렇다면 인건비 지급은 어려운 일이 아니다.

"굳이 전부 대졸 사원으로 뽑을 필요는 없겠지?"

Chapter 10
—
혼란과 폭락

　－ 무슨 용도로 얼마를 대출받으려 하느냐?

　－ 어떤 방법으로 상환할 것이냐?

　－ 한 달에 얼마씩 갚을 수 있겠는가?

　창구 상담직원은 이런 식으로 물어볼 것이다. 그러면 신기하게도 상대가 진심을 토로(吐露)할 것이다.

　모든 상담내용은 고화질로 녹화되며, 동시에 텍스트 문서로도 작성된다.

　아직 세상에는 드러나지 않은 음성인식 프로그램 덕분이다.

12개 국어가 가능하며 웬만한 사투리나 비속어, 그리고 은어(隱語)까지 모두 인식해서 기록한다.

예를 들면, 다음과 같다.

— 고객님은 상환방법으로 12개월 거치 36개월 분할상환을 선택하셨어요. 원리금도 균등분할 되는 거 아시죠?

— 그런 걸 알 필요 있을까? 이거 신용대출이라 담보도, 보증인도 없는 거잖아. 그런데 내가 왜 갚아? 대출받으면 그 돈으로 술이나 진탕 마실 거야.

이러면 부적격자 판정이 나고 대출이 거절된다. 아울러 블랙리스트에 인적사항이 기재된다.

Y—그룹과는 영구히 그 어떤 인연도 없는 존재가 되는 것이다.

그래도 해코지하지는 못할 것이다. 뒤에 있는 경비원 때문이 아니라 쪽 팔려서 그렇다.

본심을 감추고 싶은데 속내를 그대로 털어놓았으니 어찌 안 그렇겠는가!

아무튼 상담직원은 전문적인 지식이 필요 없다.

고객과 상담하고, 그 내용을 정해진 양식에 기입하여 전자결재를 요청하는 것이 임무의 전부이다.

이를 지점장이 승인을 하면 그 즉시 대출이 발생되는 시스

템이다.

발생된 대출금은 고객의 다른 은행계좌로 송금되고, 이자 납입과 원리금 상환은 타행송금으로 수납한다.

이걸 관리하는 건 본사 재무팀의 업무이다.

따라서 일선 지점의 상담사원은 대출금 상환을 신경 쓸 필 요가 없다. 지점에서 직접 수납하는 건 서무담당이다.

다시 말해 상담직원은 전문적인 지식이 필요하지 않고 직접 돈을 만지지도 않는다.

아울러 100% 내국인 대상이므로 토익이나 토플 같은 영어 실력도 요구되지 않는다.

그럼에도 군이 4년제 대학을 나온 재원들을 뽑는 건 국가 적 낭비이다.

2016년은 전문대학이나 고등학교 졸업이 최종학력인 사람 들이 상대적으로 취업하기 매우 어려운 시기이다.

4년제 대학이라도 지잡대 출신이거나 인기 없는 전공을 했 다면 마찬가지일 것이다.

이런 사람들의 공통점은 연봉 높은 대기업엔 입사원서 한 번 못 내봤다는 것이다.

그래서 수년간 계속된 불황 때문에 취직이 되지 않아 편의 점이나 PC방 알바 등을 전전하거나, 아예 취업을 포기한 인원 도 상당할 것이다.

이런 사람들에게 기회를 준다는 건 사회적인 기여에 해당

된다.

"일단은 취업에 어려움을 겪는 사람들에게 기회를 줘야지. 근데 지점장이 문제네."

현수가 중얼거릴 때 도로시가 끼어든다.

"지점장이 왜요?"

"아무나 뽑아놓을 순 없잖아, 명색이 금융기관인데. 웬만큼 업무를 알아야 하지 않겠어?"

"뭘 어렵게 생각하세요? 그럼, 은행에서 근무한 경력이 있는 사람들을 뽑으면 되잖아요."

"가급적 취업에 어려움을 겪는 사람을 뽑으려니까 그러지."

"에고, 은행 나와서 여차저차하다 막일하는 사람들도 많아요. 식당 차렸다가 망한 사람들도 많구요. 은행에서 배운 전문지식이 그냥 썩고 있는 거죠."

"그래? 그런 사람들이 많아? 알았어. 그러지 뭐. 그나저나 급여는 얼마나 주지? 시중은행들은 어때?"

"올해 신한은행 4년제 대졸 초임이 5,500만 원이에요. 우리은행 5,100만 원, 국민은행 4,900만원, 하나은행 4,800만 원 순이에요."

"남녀 구분 없이…?"

"군필자 기준이 그래요. 미필자는 조금 적어요. 국민은행과 하나은행은 4,600만 원, 신한은행 4,300만 원, 우리은행

4,200만 원 순이네요."

"승진하면 더 주지?"

"일단 매년 2% 정도 임금이 올라요. 그리고 주임, 대리, 과장, 차장, 지점장으로 승진할 때마다 기본급이 늘구요."

은행원은 주임이나 대리 승진이 빠르다. 하지만 과장급 이후로는 승진에 걸리는 시간이 늘어난다.

30대 후반~40대 초중반인 중간 관리자급 인력이 많아서 승진 적체현상이 빚어지기 때문이다.

그래서 입사 후 15년 정도가 지나야 차장이 된다. 부지점장과 지점장 승진은 하늘의 별 따기만큼 어렵다고 한다.

은행마다 다르지만 차장 연봉은 9,000만~1억 원 정도이고, 18~22년차인 부지점장은 1억 2,000만 원 정도, 지점장은 1억 4,000~5,000만 원 정도를 받는다.

"우린 얼마로 하지?"

"군필자 위주로 뽑으실 거죠?"

의무를 다하지 않고 수확만 바라는 걸 몹시 싫어함을 알기에 하는 말이다.

"당연한 거 아냐? 병역필만 뽑을 거야. 정당한 사유 없는 미필자는 전원 서류심사에서 탈락시켜."

"장애인도요?"

"장애인은 케이스 바이 케이스로 해야 하지 않겠어?"

몸이 성치 않으니 사회봉사나 병역의무를 강요하진 않겠

지만 고객과 의사소통이 불가능하면 뽑을 수 없다는 뜻이다.

"여성은요?"

"군필이거나 봉사경력 5,840시간 이상이어야지."

이는 '365일 × 1일 8시간 × 2년'을 계산한 시간이다. 그런데 이런 봉사 시간을 가진 여성이 얼마나 있겠는가!

웬만하면 뽑지 않겠다는 소리나 다름없다.

도로시는 여성체로 설계되어 있지만 이에 대해 불만이 전혀 없는 듯 찍소리도 하지 않았다.

부쩍 고개를 들고 있는 '페미니즘(Feminism)'이 마뜩치 않아서이다.

한국의 페미니스트들은 양성평등을 주장하지만 안을 들여다보면 '남성 역차별을 강요'하고 있다.

남성들만 군대를 가야 하고, 남성들만 예비군과 민방위가 의무이다.

그리고 힘들고, 어렵고, 더러운 일은 무조건 남성이 해야 한다고 주장한다.

남성들이 받는 사회적, 경제적 압박은 등한시하고 남성들이 특권을 가졌다 하며, 여성은 억압받는 피해자라 주장한다.

같은 범죄를 저질러도 여성이 남성보다 낮은 형량이 선고되고, 전쟁이나 노동으로 사망하는 사람 대부분이 남성이라는 것은 간과하고 있다.

경찰청이 2008년부터 2013년 8월까지 집계한 살인, 강도 등 강력범죄 피해자를 집계해 보니 남성 120만 551명으로 전체의 66%이고, 여성은 62만 9,276명이다.

남성이 여성에 비해 딱 2배 정도 범죄피해를 당하고 있음에도 남성을 보호하는 사회적 제도는 전혀 없다.

반면, 여성전용 주차장, 여성전용 안심길, 여성 폭력 없는 안전마을, 여성 안심택배 등 여성을 위한 제도만 잔뜩 있다.

뿐만이 아니다.

여성고용할당제라는 것이 있어서 남성보다 여성이 더 쉽게 공무원이 될 수 있다.

이는 여성의 공직 진출을 확대키 위해 여성공무원 채용비율을 미리 정해놓고 그에 따라 합격시키는 제도이다.

이 제도에 따르면 여성합격자가 채용목표 비율에 미달할 경우 커트라인을 낮춰 여성 응시생을 성적순으로 목표치만큼 추가 합격시킨다.

물론 남자에겐 이런 혜택이 전혀 없다.

게다가 단지 여자라는 이유만으로 대학도 쉽게 들어간다.

광주여대, 덕성여대, 동덕여대, 서울여대, 성신여대, 숙명여대, 이화여대의 입학정원이 얼마인가!

2016학년도 입학정원을 살펴보면 광주 895명, 덕성 1,210명, 동덕 1,507명, 서울 1,592명, 성신 2,060명, 숙명 2,198명, 이화

3,027명이다.

이 숫자만 1만 2,489명이다.

이밖에 한양, 숭의, 배화, 경인, 수원여대 등이 또 있다.

이 학교들의 입학정원까지 합산해 보면 남성에 비해 얼마나 대학 들어가기 쉬운지 이해된다.

여성은 '입학 → 졸업 → 취업'이 가능하다.

반면, 남성 대부분은 '입학 → 군대 → 졸업 → 취업' 또는 '입학 → 졸업 → 군대 → 취업'이다.

어떤 경우든 2~3년의 공백이 생기므로 취업이나 승진에 있어서 남성이 일방적으로 불리하다.

그럼에도 '군필자 가산점 제도[24]'를 폐지시키려고 온갖 지랄을 떨었다.

이런 불평등은 군대 하나로 끝나지 않는다.

단독세대 여성은 건강보험료 경감이 되지만 더 빈곤해도 남성에겐 경감혜택이라는 것이 아예 없다.

뿐만 아니라 여성전용도서관, 여성전용기숙사, 여성전용아파트, 여성전용휴게실 등이 있다.

이정도쯤 되면 양성평등이 아니라 '남성만 차별받는 세

---

24) 군필자 가산점 제도 : 정식 명칭은 군 복무 보상 제도, 군복무 가산점제도이다. 군 복무를 마친 대한민국 남성과 여성에게 7급, 또는 9급 공무원 시험이나 공기업 등 시험 응시자에게 복무 년수 만큼의 혜택 또는 가산점이 적용되는 제도

상' 이다.

현수는 이런 페미니즘에 전혀 동의하지 않는다. 그렇기에 남성과 완벽하게 동등한 잣대를 들이대는 것이다.

그것이 진정한 양성평등이며, 의무는 이행하지 않으려 하고 권리만 주장하는 꼴을 못 보는 때문이다.

그렇기에 1차 사원모집 남녀 성비는 98 : 2가 된다. 이들은 아무런 차별 없이 완벽하게 동등한 대우를 받는다.

여성근로자가 청하면 월 1일 생리휴가를 주듯 남성사원 역시 신청만 하면 월 1일 무급휴가를 쓸 수 있다.

아무튼 도로시와 대화를 하면서 급여체계를 정리했다.

사원은 연봉 5,400만 원에서 시작한다.

주임 6,000, 대리 6,600, 과장 7,800, 차장 9,000만 원이고, 지점장은 1억 800만 원이다.

신설지점의 대출상담은 사원, 업무지원을 맡게 되는 서무와 경비원은 주임 내지 대리, 지점장은 과장부터 시작이다.

나이와 경력을 감안하여 기존보다 더 높은 직위를 줄 수도 있다.

직원이 되면 25~32평형 아파트가 재직기간 내내 무상으로 제공되니 결코 적은 보수는 아닐 것이다.

이들의 연봉은 매 1년이 지날 때마다 3%씩 인상된다.

평균적으로 사원에서 주임까지 2년, 주임에서 대리도 2년이 걸린다.

대리 승진 후 3년이 되면 과장으로 진급하고, 차장은 4년, 차장에서 부장 승진은 5년으로 정했다.

당연히 결격사유가 없어야 한다. 아울러 임신, 출산, 육아, 병가로 인한 휴직기간은 경력에 산입되지 않는다.

Y-인베스트먼트 소속 건물관리인과 유지보수 및 청소담당의 급여는 상가 임대수입으로 충분히 커버될 것이다.

이들 역시 대학 졸업장이 필요 없다. 하지만 잘할 수 있는 사람과 그렇지 못한 사람은 있을 수 있다.

이를 골라내려면 사람 보는 안목이 있어야 한다.

"사람 뽑는 것도 일이네. 주영이 녀석을 얼른 데려와야겠어."

민주영은 면접이라면 넌덜머리를 내면서도 회사에 득이 될 사람만 뽑곤 했다.

덕분에 이실리프 그룹이 금방 반석 위에 올라앉을 수 있었던 것이다.

"그런데 그것도 쉽지 않겠네."

각각의 건물마다 관리인 1명과 유지보수 및 청소인원 2명이 배치되니 이 인원만 300명이다.

"에고, 모르겠다! 이건 주영이에게 맡겨야지."

현수가 중얼거릴 때 도로시의 보고가 있다.

"계산 끝내서 지시 다 내렸어요. 구마모토에 7.3짜리 지진 발생합니다. 저는 돈 벌러 잠시 묵음모드로 들어가요."

"그래! 많이 벌어."

대화가 끝나기 무섭게 일본 웹 사이트마다 조만간 진도 7.3
인 지진이 발생할 것이며, 이는 뒤를 이을 대지진의 전조라는
괴담이 게시되었다.

*   *   *

— 헐~! 이거 진짜임? 뻥치지 마셈.

— 진도 7.3이면 한신 대지진과 같은 규모인데?

— 1995년 1월 17일 오전 일본 혼슈(本州)와 시코쿠 사이에
있는 섬인 아와지시마 북부에서 발생한 거?

— 맞아! 그때 6,434명의 사망자와 4만 3,000여명의 부상자
가 발생했지.

— 끄앙! 무섭당. 진도 6이라면 어떻게 버텨보겠는데.

— 리히터 규모 7.3이라고? 어마어마하구만.

— 그게 전조라잖아, 다음엔 얼마나 센 게 올까?

— 무섭다! 여기 구마모토임. 도망가야 하나?

— 내가 너라면 무조건 튄다.

— 돈 있으면 잠시 해외에 갔다 오셈.

— 그러다 뻥이면? 그 돈 물어줄 거임?

— 미친…! 목숨이 위태로운데 돈 타령이야?

— 아! 이거 진짜면 안 되는데. 나 낼 모레 사랑하는 아키코랑 구마모토에서 만나기로 했는데.

— 지금 연애가 중요하냐? 같이 뒈지시던지…….

삽시간에 댓글이 달리고 있는데 '도쿄 기상청 지진예지평가관' 가마야 노리코(鎌谷紀子)의 댓글이 달렸다.

기상청 지진예지평가관 가마야 노리코입니다.
구마모토에 발생할 지진은 규모 7.3 정도로 예측됩니다.
이틀 후에 당도할 본진의 규모는 8.5 또는 그 이상입니다.
즉시 대피하십시오! 대피하십시오!! 대피하십시오!!!
자세한 내용은 기상청 홈페이지를 확인하세요.

누군가 지진예지평가관의 이름을 빌려 불안을 조장하려 한다는 비난의 댓글을 달려는 순간 휴대폰으로 문자메시지가 당도한다.

24일 저녁, 구마모토현에서 리히터 규모 7.3 발생 예정!
진원의 깊이가 불과 12㎞!
직하형 지진이라 큰 피해 예상됨.
뒤를 이을 이틀 뒤 본진 규모는 8.5로 예상함!

즉시 대피하십시오.

반복합니다. 즉각 대피하십시오!

방송국에서 생방송으로 뉴스를 진행하던 앵커가 깜짝 놀라 기상청으로 전화를 걸어 사실 확인을 했다.

이 전화를 받은 가마야 노리코가 사실이라고 했다.

잠시 후 기상청 홈페이지는 다운되어 버렸다. 너무 많은 사람들이 한꺼번에 몰린 결과이다.

이때 각 사이트에 긴급속보가 게시된다.

예보관이 말한 내용 그대로이다. 가능한 빨리 대피하라는 말이 추가되어 있을 뿐이다.

이번 속보는 기상청 소속 아카이시 가즈히데(赤石一英) '지진 쓰나미 대책 조사관'의 성명으로 발표되었다.

가마야 노리코와 함께 언론에 많이 노출되었던 인물이라 구마모토를 비롯한 규슈 전역과 도쿄 등에 난리가 벌어졌다.

진도 7.3도 무서운데, 이것이 시작에 불과하다니 어찌 놀라지 않겠는가!

리히터 규모 8.5라면 구마모토의 모든 것이 붕괴된다.

하여 일부는 패닉상태에 빠져 버렸다.

곧 전 재산을 잃을 위기인 때문이다. 그나마 다행인 것은 예보가 빨랐다면서 재빨리 짐을 챙기는 손길이 분주하다.

같은 시각, 가마야 노리코는 구마모토에 지진이 발생할 것인지를 확인하느라 여념이 없었다.

당연히 방송국 앵커와 통화한 적이 없다. 도로시가 중간에 가로챈 것이다.

아카이시 가즈히데 역시 각종 계기화면에 시선이 집중되어 있다. 긴급재난성명발표 역시 도로시의 작품이다.

어쨌거나 일본은 난리가 빚어졌고, 주가는 폭락했다. 도로시가 의도한대로 혼란과 폭락사태가 빚어진 것이다.

같은 순간, 에콰도르에서도 난리가 벌어지고 있다.

'태평양 쓰나미 경보센터'[25] 로부터 온 메시지 때문이다.

에스메랄다스 주 무이스네 남동쪽 27km 부근에서 규모 7.8의 지진 발생이 예측됨.

발생일시 : 4월 25일

발생확률 : 98.72%

만타 공군기지에 큰 피해가 예상됨.

에스메랄다스 정유공장 저장탱크 비우기 바람.

일본에 비해 지진 예측실력이 떨어지기는 하지만 에콰도르

25) 태평양 쓰나미 경보센터(Pacific Tsunami Warning Center, PTWC) : 미국 해양 대기청이 운영하는 두 개의 지진해일 경보 센터 가운데 하나

에도 전문가들은 있다.

이 메시지를 확인한 전문가들은 즉각 공군기지와 정유공장으로 경고의 메시지를 보냈다.

태평양 쓰나미 경보센터로부터 여러 번 지진 관련 메시지를 받았지만 이번처럼 높은 확률을 제시한 경우는 전혀 없었다.

그렇기에 추가확인으로 시간 낭비하지 않고 곧바로 공군기지와 정유공장에 연락을 취한 것이다.

관제탑과 정유탱크가 붕괴되면 엄청난 피해가 발생되니 난리가 벌어지는 건 당연한 일이다.

이 예고가 없었다면 만타공군기지 관제탑이 붕괴되면서 660명이 사망하고, 4,605명의 부상자가 발생하는 큰 인명피해가 있었을 것이다.

아울러 에스메랄다스 정유공장 저장탱크 10곳 중 4곳이 파괴되면서 엄청난 양의 기름이 유출되었을 것이다.

어쨌거나 에콰도르 등의 주가 역시 폭락했다.

＊   ＊   ＊

"폐하! 기다리시던 YG-4500 9기 모두 당도했어요."

"아! 그래? 지금 어디에 있어?"

"이 건물 옥상에 세워뒀어요."

영업이 끝난 깊은 밤이다.

손님도 아닌데 히야신스 내부로 들였다가 CCTV에 찍히면 문제가 발생될 것 같으니 옥상에 대기시킨 모양이다.

"잘했네, 올라가지."

"넵!"

현수가 옥상에 오르자 도열해 있는 YG—4500가 일제히 한 무릎을 꿇으며 오른 주먹을 왼 가슴에 댄다.

"존엄하신 폐하께 영원한 충성을—!"

9기의 입에서 나온 말이지만 마치 한 사람이 말한 듯 정확히 일치한다.

"모두 일어서라!"

"충—! 명을 받드옵니다."

마치 한 몸인 듯 한꺼번에 일어선다. 그러고 보니 얼굴이 약간씩 다르다.

"반갑다. 지금부터 너희의 이름은 신일호, 신이호, 신삼호, 신사호, 신오호, 신육호, 신칠호, 신팔호, 신구호다."

신은 '신하'를 뜻하는 '臣'이고, 중간은 1, 2, 3, 4, 5, 6, 7, 8, 9이다. 마지막은 '번호'를 뜻하는 '號'로 작명한 것이다.

"네! 폐하."

"신일호, 너는 지금부터 짐의 겸사복장[26] 이다!"

---

26) 겸사복장(兼司僕將) : 조선시대 임금의 정예 친위대의 하나였던 겸사복의 지휘관. 내장(內將)이라고도 했음. 종2품의 무관직

"충—! 명을 받드옵니다."

명을 받은 신일호는 즉시 현수의 뒤쪽에 선다.

이때 도로시가 홀로그램의 출력을 높인다. 그러자 신장 170㎝, 체중 52.5㎏짜리 미란다 커가 나타난다.

그리스 여신처럼 하늘하늘한 옷을 걸친 모습이다.

"도로시 게일 님을 뵙습니다."

신일호가 고개 숙여 예를 갖춘다.

도로시 게일은 조선시대 왕명의 출납을 맡았던 도승지[27] 와 같은 신분이다. 그렇기에 아주 정중하다.

"겸사복장의 호위단계는 6단계이다."

"6단계 확인했습니다."

신일호가 다시 한번 고개를 숙여 예를 갖춘다.

이실리프 제국의 황제의 호위는 모두 10단계가 있다.

1단계는 가장 낮은 단계로 황제로부터 100보(步) 이상 떨어진 상태에서 경계하는 정도이다.

2단계는 50보, 3단계는 30보, 4단계 15보이다. 5단계는 5보 이내이며, 6단계가 되면 3보 이상 떨어지지 않는다.

여기까지는 호위 범위가 모두 1.5㎞이며 황제의 안위를 확보하는 것으로 끝낸다.

---

27) 도승지(都承旨) : 일반 조선시대 승정원의 6승지 중 수석 승지. 도령(都令)이라고도 함. 승정원의 정3품 당상관(堂上官). 현대의 대통령 비서실장과 같음

다시 말해 1992년에 개봉한 영화 '보디가드'에 나온 것처럼 황제를 대신하여 총알이나 칼 등을 막는 것으로 끝낸다.

7단계부터 10단계까지 모두 3보 이내에서 수신호위를 하는데, 7단계는 3㎞ 이내 거리에 있는 공격자를 제압하는 것이다. 여기서 제압이란 목숨만 붙여놓음을 뜻한다.

YG—4500의 손가락에선 파이어 볼트, 아이스 볼트, 라이트닝 볼트, 아이스 포그, 포이즌 포그 등이 구현된다.

디그(Dig) 마법진이 새겨져 있어 필요한 만큼 땅속으로 파고들 수 있고, 바인드 마법진도 있어 제압된 적이 도주할 수 없도록 할 수도 있다.

뿐만 아니라 탄환도 발사된다.

장약과 마법에 의해 발사되는 탄환의 살상반경은 3㎞이며, 대물저격총 M82 배럿(Barret)보다 더 강력하다.

단점이라면 각 손가락마다 1발씩만 발사된다는 것이고, 장점이라면 100% 명중률을 자랑한다는 것이다.

양쪽 엄지손가락에선 각각 1발의 공중폭발탄이 발사 가능하다. 컴퓨터에 의해 계산된 위치에서 폭발하며, 엄폐나 은폐한 적을 살상하는데 사용되는 무기이다.

이것의 살상반경은 2㎞이며, 크기는 팥알 정도지만 대한민국 제식 세열수류탄 K413과 비슷한 위력을 낸다.

따라서 YG—4500에게 걸리면 도주할 틈 없이 제압되고 말 것이다.

바이크 같은 이동수단을 이용해도 소용없다. 마하 2의 속도로 비행할 능력이 있기 때문이다.

그 속도로 쫓아가면서도 정밀한 사격이 가능하다.

어쨌거나 8단계는 공격자 제거이다. 초정밀 헤드—샷으로 단숨에 목숨을 끊어버린다.

9단계는 주변인물 전부 제압이다. 도주나 공격을 할 수 없도록 팔다리를 끊어버린다.

마지막 10단계는 주변인물 모두 제거이다. 무조건 헤드—샷이니 허연 뇌수가 작렬하는 모습을 볼 수 있을 것이다.

상황이 종료되면 현수 이외의 인물은 서 있을 수 없다.

직계후손이라 할지라도 10단계 상황에선 살아남지 못한다. 극최고존엄인 황제의 안위가 가장 중요하기 때문이다.

"6단계는 너무하지! 그럼 내가 여기서 근무를 할 수 없잖아. 안 그래? 그러니까 3단계 정도로 해."

"충—! 폐하의 명을 받자옵니다."

"에고, 지금부터는 '충'이나 '폐하', '받자옵니다' 이런 말 쓰지 마. 나를 부를 땐 '대표님'이라 불러."

"네! 대표님."

짐짓 겸양 떠는 인간과 달리 명을 내리면 그대로 따라하는 것이 아주 흡족하다. 하여 웃는 낮으로 신이호부터 신구호까지 쭉 둘러보았다.

"파견 오면서 가지고 온 것은?"

"여기 기록되어 있습니다."

도로시가 건넨 A4 용지에는 YG—4500 아홉 기가 가지고 온 물목과 수량이 기록되어 있었다.

가장 먼저 소형 만능제작기에 장착하는 원소공급기 하나가 내려왔다고 한다. 이것만 있으면 가로 세로 10㎝ 이내인 물체는 무엇이든 만들어낼 수 있다.

이밖에 현수가 요구했던 것들을 소지하고 왔다. 다음이 그 목록이다.

품 목	효 능
회복포션	모든 내·외상을 동시에 치료
마나포션	마나 고갈현상을 해결시켜줌
엘릭서	모든 내과적 질환 치료함
미라힐 X	모든 외과적 상처 치료함
D M	Divine Mercy 캡슐형 초강력 진통제

나노로봇	효 능
클린봇	혈관과 혈액을 건강하게 함
데스봇	1~10 단계별 고통을 줌
디신터봇	핵탄두를 하인스늄으로 바꿈
B D 봇	뇌사상태(Brain Death)로 만듦
캔서봇	각종 암에 특화된 나노로봇
타겟봇	문제 발생 기관에 작용하는 나노로봇

이 품목 중 회복포션, 마나포션, 엘릭서, 미라힐X, DM(Divine Mercy)은 각각 90명 분을 가져왔다.

데스봇(Deathbot) 1~10단계는 단계별로 9만 명분, 클린봇(Cleanbot)과 디신터봇(Disintebot), 그리고 BD봇(Brain Death Robot)은 각각 90만 명 분을 가지고 왔다.

수량이 많은 데스봇, 클린봇, 디신터봇, 그리고 BD봇은 모두 크기가 아주 작아서 100만 명 분이라 할지라도 부피는 얼마 되지 않는다.

Chapter 11
—
쓰레기는 치워야지

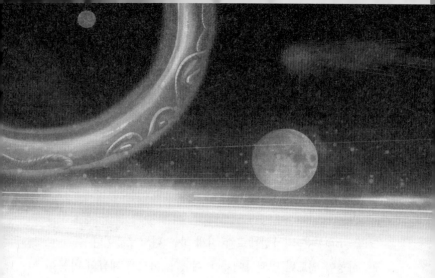

　— 클린봇은 혈관 내를 이동하면서 HDL이나 LDL 콜레스테롤 조절 등으로 혈액의 건강성을 유지시킨다.

　한번 투입되면 최소 100년간 모세혈관을 포함한 모든 혈관을 청소하는 한편 유해한 물질을 분해한다.

　아울러 혈당을 적정하게 유지시키며, 백혈구 양을 조절하는 등 혈액암을 치료 또는 예방하는 활동을 한다.

　— 데스봇은 의료용 나노로봇을 연구하던 중 만들어진 실패작이다. 이게 투입되면 1~10단계 고통을 겪게 만든다.

　'신성한 자비'라는 이름이 붙여진 초강력 진통제 DM만이 고통을 덜어줄 수 있다.

— 디신터봇은 방사성 핵물질을 하인스늄으로 바꾸는 능력을 가졌다. 참고로, 하인스늄은 어떠한 경우에도 폭발하지 않는 안정성을 가진 원소이다.

— BD봇은 뇌사상태로 빠지게 하는 나노로봇이다.
사형이 언도된 범죄자에게 투여했다. 아르센 대륙의 마물이나 몬스터에게도 사용된 바 있다.

— 캔서봇은 암(癌)을 뜻하는 Cancer와 Robot의 합성어이다. 각종 암을 예방과 치료하기 위해 개발되었다.
신체 내부로 들어가면 스스로 암세포를 찾아가 활동을 정지시킬 뿐만 아니라 건강한 세포로 되돌아가도록 작용한다.
매뉴얼에 따르면 건강한 사람에게 캔서봇을 주입하면 평생 암에 걸리지 않게 된다.
이미 발병된 상태라면 1기 하나, 2기 둘, 3기 셋, 4기 네 개를 주입하도록 되어 있다.
그러면 3개월 이내에 모든 암세포가 정상세포로 바뀌게 된다.
아울러 다시는 암세포가 발생되지 않도록 신체 내부를 순

찰한다.

항암치료를 하지 않아도 부작용 없이 완치되며 다시는 같은 장기(臟器)의 암이 발생하지 못한다.

— 타깃봇은 목표를 뜻하는 Target과 Robot의 합성어이다.

이미 발병된 암세포에 직접 주사를 하도록 제작되어 있다.

암의 상태에 따라 투입되는 양이 달라지는데 1기 하나, 2기 둘, 3기 셋, 4기 네 개이다.

1주일 내에 모든 암세포의 활력을 정지시키며 대식세포[28] 가 암세포를 포식하도록 하여 말끔히 치료하도록 한다.

암이 확인된 환자에게 투여하는 나노로봇이다.

"이 정도면 되죠?"

"그래, 부족하면 더 만들면 되지."

"그러려면 폐하께서, 아니, 대표님께서 얼른 서클을 형성시키셔야 해요. 데시 리듀스와 데시 라이트닝이 4서클이니 최소 2서클은 되셔야 하는 거 아시죠?"

---

28) 대식세포(macrophage, 大食細胞) : 탐식세포라고도 한다. 면역담당세포의 하나. 동물체내의 모든 조직에 분포하며, 이물질 · 세균 · 바이러스 · 체내 노폐세포 등을 포식하고 소화하는 대형 아메바상 식세포를 총칭

4서클 마법진을 활성화하려면 최소 2서클 이상이어야 함을 주지시키는 말이다.

"그래! 알고 있어. 노력하잖아. 그건 그렇고, 신이호부터 신구호까지 임무를 줄게."

"네! 말씀하십시오."

또 군인들처럼 큰 소리로 복창한다.

"쉿! 지금부터는 40데시벨 이하의 음성으로 대답해."

참고로, 40데시벨은 도서관이나 낮의 주택가에서 들리는 소리이다.

50데시벨은 조용한 사무실 정도이고, 60데시벨은 보통의 대화 정도이다.

"네! 알겠습니다."

대번에 음성이 줄어들자 도로시에게 시선을 주었다.

"도로시! 기레기 블랙리스트 완성됐지?"

"넵! 등급별로 구분해서 정리하였어요."

"그래? 어떻게 분류했는지 간단히 설명해 봐."

"제가 조사한 바에 따르면 전 · 현직 신문사와 방송사 소속 기레기들의 숫자는 31만 2,737명이에요."

"헐! 뭔 기레기가 그렇게 많아?"

"네! 엄청 많더라구요. 아무튼 그중에 A급, 그러니까 가장 먼저 치워야 할 쓰레기만 8만 7,761명이구요. B급은 11만 6,547명, 나머지는 C급이에요."

2015년 1월 21일 모 언론사 보도에 따르면, 한국의 신문기자 인원수는 2만 3,056명이라 되어 있다.

일간신문 9,865명, 주간지 5,190명, 인터넷 신문기자 8,001명을 합산한 것이다.

여기에 지상파, 종편 등 방송기자들을 다 합치면 총인원 2만 5천여명이라 예상하였다.

도로시가 언급한 건 신문, 방송, 종편 및 인터넷 매체의 기자들은 물론이고, 사주와 편집인 등 관계자들까지 모두 합산한 수치이다.

"기레기만 파악한 거 맞아? 인원수가 상당히 많네."

"전직과 현직을 모두 망라해서 그래요. 그리고 편집자와 그래픽 디자이너 등도 포함되어 있어요."

"그래픽 디자이너? 그 사람들은 왜?"

"의도적으로 사회적 공분을 일으킬 로고나 사진 등이 들어가도록 하는 년놈들이 있거든요."

"아…!"

현수의 고개가 끄덕여진다. 충분히 이해된다는 뜻이다.

"등급은 확실하게 분류한 거지?"

"그럼요! 13만 6,635번 확인했고, 방금 전에도 확인했으니 13만 6,636번 확인한 거예요."

"등급 구분은?"

"A급이 가장 쓰레기이고, 다음이 B급, C급 순이에요."

"D급이나 E급 등은 없어?"

"당연히 있죠. D급은 두고 보는 단계예요. C급이나 B급으로 레벨 업 할 확률이 높은 놈들이죠."

"그런데 그냥 놔둬?"

"아직은 큰 물의를 일으키지 않았으니까요. 발생하지도 않은 범죄를 먼저 처벌할 수는 없잖아요."

맞는 말이긴 하다. 하지만 좋지 못한 싹이라는 건 여전하여 뭔가 제재를 가해야 하는 거 아니냐는 말을 하려 할 때 도로시의 말이 이어진다.

"E급은 보통이고, F급부터는 비교적 양심적인 언론인이라 할 수 있어요."

"그래? 그럼, 신이호부터 신구호에게 캔서봇을 지급해."

"네에? 암을 예방하거나 치료해 주시려고요?"

뭔 소리냐는 표정이다. 도로시는 착각한 게 있으면 얼른 환기하라는 표정을 지어 보인다.

"아니! 쓰레기니까 치우려고."

"근데 왜… 요?"

도로시는 이해되지 않는다는 듯 고개를 갸웃거린다.

암을 예방하거나 치료할 때 사용하는 걸 투여하라니 말도 안 되는 때문이다.

도로시는 '미운 놈 떡 하나 더 준다는 건가?' 라는 생각을 했다.

"지급하기 전에 프로그램을 다시 설정해!"

"무슨 말씀이신지 구체적인 설명이 필요해요."

캔서봇은 생산단계에서 설정된 프로그램을 여러 번 확인한다.

투여했는데 아무 효과도 없으면 안 되기 때문이다.

"암을 예방하거나 치료하는 게 아니라 암이 발생되도록 하라고! A급은 4기, B급은 3기, C급은 2기까지 급속 진행시키고, 일단 그 상태에서 멈추도록 해."

"무슨 말씀이신지 조금 자세히……."

"나노로봇 개발역사를 뒤져봐. 거기 캔서봇 변형프로그램이 있을 거야. 그걸로 바꾸라고."

이것은 나노로봇 개발 중 역발상으로 만들어진 프로그램이다. 이게 체내로 들어가면 암을 치료하는 게 아니라 거꾸로 암을 발생시키게 된다.

아르센 대륙에 마나의 품으로 한시바삐 돌아가고 싶어 하는 염세주의[29] 드래곤이 있었다.

그런데 중간계의 조율자이며, 마법의 조종이니 누군가의 손에 의해 생명이 끊기는 것은 원치 않았다.

조율자로서 존엄이 손상되지 않는 품위 있는 죽음을 맞고

29) 염세주의(pessimism, 厭世主義) : 세상이나 인생에 실망하여 이를 싫어하는 생각. 유사어 비관주의

싶었던 것이다.

이에 안락사(安樂死)를 고려했는데 이내 포기했다.

체구가 엄청나게 큰데다가 면역기능이 너무 좋아서 쉽지 않았던 때문이다.

안락사에 사용되는 펜토바르비탈(Pentobarbital)의 양을 계산해 보니 200리터짜리 2드럼 정도가 필요했다.

이를 주사하려 해도 비늘과 가죽이 너무 견고하고, 질겨서 쉽지 않은데다 투입하는 데 너무 오랜 시간이 걸린다.

이에 현수는 여러 번 의사를 물어 의지가 확고함을 확인한 뒤 '변형프로그램이 적용된 캔서봇'을 복용시켰다.

500cc짜리 생맥주 한 잔을 권한 것이다. 이 한 잔에 캔서봇 1만 명분이 담겨 있었다.

석 달 후, 그는 성공적으로 마나의 품으로 돌아갔다. DM이 있었기에 말기암으로 인한 고통은 전혀 없었다.

그게 없었다면 아마 엄청난 통증을 느꼈을 것이다.

"잠시만요. 확인할게요."

"그래!"

도로시가 나노로봇 개발자료를 검색을 하는 동안 현수는 신이호 등에게 시선을 주었다.

"가장 빠른 시간 내에 블랙리스트에 있는 기레기들에게 변형 캔서봇을 투입하되 사전에 등급확인을 꼭 하도록!"

"네! 대표님."

모두가 고개를 숙이는데 도로시만 고개를 든다.

"변형프로그램 확인 완료했어요. 와! 이런 게 있었네요."

도로시가 제작되기 전에 사용되었던 것이고, 몇 번 사용되지 않아 몰랐던 모양이다.

이게 체내로 투입되면 적당한 곳에 자리를 잡고 정상세포를 암세포로 변형시키는 작업을 시작한다.

동시에 면역기능이 작용하지 못하도록 제어한다.

발달된 현대의학의 도움으로 암이 발생되었다는 것을 알아내고, 성공적으로 암세포 절제수술을 하여도 소용없다.

금방 다른 부위에 다시 암을 발생시키는 때문이다.

암의 종류는 상당히 많다.

위암, 폐암, 간암, 대장암, 췌장암, 담낭암, 자궁암 등 100여 가지는 된다. 극한 경우 100번의 수술을 하게 만들 수도 있다는 뜻이다.

현수가 말한 대로 A급 기레기는 4기 암, B급은 3기 암, C급은 2기 암까지 진행된다.

현수가 거기서 멈추도록 했으니 항암치료를 하든 안 하든 더 이상 악화되지는 않겠지만, 이를 모르는 당사자는 계속 수술을 받으며 가산을 탕진하게 될 것이다.

당연히 현직에 머물면서 쓰레기 같은 기사를 양산해 내지는 못할 것이다. 그래도 그런 짓을 할지도 모른다.

"도로시! 암이 발생되었는데도 정신 못 차리는 놈이 있으면 그냥 계속 진행시키도록 해."

"…네! 지시대로 합니다. 근데 기레기만 골라서 처벌하실 건가요? 하시는 길에 한꺼번에……."

도로시의 말은 중간에 잘렸다.

"아니! 떡검과 견찰 블랙리스트도 줘! 썩어빠진 정치인 놈들도 마찬가지이고. 아! 부정부패와 관련된 공무원들도 치우는 길에 다 치워야 하지 않겠어?"

"그거야 당연하죠!"

도로시의 고개가 크게 끄덕여진다. 나쁜 놈들을 처벌하는 것이니 방금 현수가 물어본 말처럼 당연하다 생각하는 것이다.

"그나저나 대한민국의 병원들이 엄청 바빠지겠군요."

전 · 현직 기레기들의 숫자가 31만 2,737명이다.

여기에 부패한 검찰과 경찰, 그리고 공무원과 정치인의 숫자까지 모두 합치면 최소 100만 명은 넘을 것이다.

전직, 현직이 망라될 예정이라 어쩌면 이보다 훨씬 많을 수도 있다. 그래서 한국인들의 평균 수명이 줄어들 수도 있다.

그러면 어떤가!

치울 놈들은 빨리 치워야 지구가 좋아한다.

"그래! 고름은 결코 살이 안 되니까. 짜내야지."

"넵! 근데 전부 캔서봇 투여인가요?"

"분류는 해놨지?"

"네! 뇌물, 착복, 편파, 성상납, 정경유착, 폭력사주, 억울한 사람 양산, 친일, 반역 등을 감안해서 A, B, C, D, E급으로 분류했어요."

"이것도 A급이 제일 나쁜 놈이지?"

"네! 아주 나쁜 놈들이죠."

"그놈들이 제국 법정에서 재판을 받는다면 형량은?"

엄정하기로 이름 난 이실리프 제국의 법정에서 재판을 받을 때 그 결과를 묻는 말이다.

"당연히, 사형 내지 무기징역이죠."

더 생각할 필요가 없다는 듯한 즉답이다.

"E급 이후론 없어?"

"왜 없겠어요. F급은 두고 볼 놈, 나머진 G급이에요. 참, 보이지 않는 곳에서 선행을 베풀고 있는 사람은 H급으로 따로 분류해 놨어요. 표창 받을 만해요."

"잘 분류해 놨네."

도로시는 뭔 당연한 말을 하느냐는 표정이다.

*   *   *

"그럼요! 이것도 여러 번 확인한 거랍니다."

"그래? 일단 A급은 데스봇 레벨6, B급 레벨5, C급 레벨4, D급 레벨3, E급 레벨2를 투여해."

"넵! 근데 조금 약한 거 아닌가요?"

볼을 살짝 부풀린 걸 보면 불만이 있나 보다.

"레벨을 더 올리자고?"

"네! 마음 같아서는 두 등급씩 올려도 시원치 않지만 폐하께서는 너그러우시니 딱 한 등급씩만 더 올리죠."

레벨7이 되면 하루에 4번 온몸이 불타는 듯한 고통을 느끼게 된다.

각각 30분쯤 느끼게 될 테니 하루에 2시간은 지옥에 떨어진 듯한 느낌일 것이다.

"그렇게 나빠?"

"네! 악질 중에서도 아주 악질이에요."

더 말해 무엇 하느냐는 단호한 표정이다.

"오키! 도로시의 뜻대로 한 등급씩 올려!"

"네! 지시대로 합니다."

자신의 뜻이 받아들여진 것이 기분 좋은 듯 금방 발랄한 웃음을 지어 보인다.

이때 현수의 말이 이어졌다.

"H급은 캔서봇을 투여해."

"네에? H급은 칭찬받을 만하다고요."

왜 착한 사람까지 벌하려느냐는 표정이다.

"그래, 그러니까 평생 암에 안 걸리도록 정상적인 캔서봇 하나를 투여하라고."

"아! 네에. 제가 잠시 착각했네요."

H급 인사에게도 변형프로그램이 적용된 캔서봇을 투여하라는 뜻으로 알아들었던 모양이다.

"아! 기왕에 표창하는 거니까 H급 직계가족에게도 캔서봇을 투여해. 클린봇도 하나씩 투여하고."

이 정도면 평생 암에 안 걸리고, 혈관과 관련된 질환으로부터 완전히 자유로워진다.

뇌졸중, 협심증, 심근경색, 고혈압, 당뇨병, 동맥경화, 고지혈증 등에 걸리지 않는다는 뜻이다.

눈에 보이지는 않지만 최고의 표창을 받는 셈이다.

"기왕에 돌아다닐 거니까 세상에 알려지지 않은 의인(義人)과 그 가족에게도 캔서봇과 클린봇을 투여해."

"알려지지 않은 의인이요?"

"충북 옥천군 청성면사무소에 매달 쌀 10포대를 기부하는 얼굴 없는 천사가 있대."

"알아요! 기사에서 봤어요. 그런데 그런 사람들 제법 많아요. 전주 노송동에도 매년 성금을 전달하는 사람도 있고요. 대구 수성구청에도 쌀을 기부하는 사람이 있어요."

도로시가 언급하지 않은 분들도 상당히 많다.

여주시 여흥동, 충주시 용산동, 가평군 청평면, 옥천군 청성면, 남양주시 진접오남, 제천시 청전동, 충주시 연수동, 광주 하남동 등 전국에 널려 있다.

"도로시는 그들이 누군지 확인 가능하지?"

"당근이죠."

"그래! 그런 사람들에게 클린봇과 캔서봇을 투입하는 게 마땅하다고 생각하는데, 도로시는 어떻게 생각해?"

"저도 찬성이에요. 그럼 그 사람의 가족들에게도 그래요?"

"남 몰래 좋은 일을 했으니 건강한 신체 정도는 줘야 하지 않겠어?"

도로시가 고개를 크게 끄덕인다.

"역시 폐하세요."

"그래, 물량이 부족하면 나노로봇을 추가로 만들어내서라도 할 일을 하도록!"

"네. 알았어요."

"좋아! 이제 데리고 가서 지급할 거 지급하고 주의사항 확실하게 알려줘."

"넵!"

이실리프 제국이 아니니 은밀하게 행동하여야 할 것이며, CCTV와 위성을 염두에 두라는 뜻이다.

신이호부터 신구호는 도로시로부터 전송받은 블랙리스트에

있는 인물들을 찾아다니며 데스봇 또는 변형프로그램이 적용된 캔서봇을 투여하기 시작했다.

청찬받을 공무원과 의인, 그리고 그의 직계가족들에겐 제대로 된 캔서봇과 클린봇이 투여된다.

나노로봇은 그 크기가 매우 작기에 공기압을 이용한 초소형 에어건(Air Gun)을 사용하여 투여하기로 했다.

피부 어디든 나노로봇이 닿으면 그 즉시 세포 속으로 스며들기 때문이다. 이때 아무런 통증도 없다.

일일이 음용수에 섞어서 먹이거나 주사기로 하나씩 주입하려면 시간이 오래 걸리는데 이렇게 하면 금방 끝난다.

근처를 바람처럼 스치듯 지나면서도 정확히 투여 가능하니 당연한 일이다.

9개의 위성에서 목표물이 어디에 있는지 일일이 추적해서 확인해 줄 것이다.

이와 연결된 도로시는 어떤 등급이며, 무엇을 투여해야 하는지 바로바로 알려주니 어려운 일은 아닐 것이다.

바야흐로 사람들이 전혀 모르는 대청소가 시작되었다.

아무도 부여하거나, 위탁하지 않은 '국민의 알 권리'라는 말도 안 되는 논리로 세상을 어지럽게 했거나, 어지럽히고 있는 언론사의 기레기들과 쓰레기들이 모조리 쓸려나가게 될 것이다.

부조리한 일을 자행했거나, 억울한 사람들을 양산했던 판사, 검사, 변호사, 그리고 경찰, 공무원, 군인 등은 조만간 암 환자가 되어 수술대 위에 오르게 될 것이다.

변형프로그램이 적용된 캔서봇의 특징 중 하나는 마취제가 사용될 경우 '마취 중 각성'을 발생케 하는 것이다.

이게 시작되면 전신마취 도중 의식만 깨어난다.

수술대 위의 몸은 움직일 수 없는데 주위의 소리가 들리고, 수술의 고통이 고스란히 느껴진다.

뿐만 아니라 숨 쉴 수 없는 압박감 등도 느껴진다.

너무도 무섭고 고통스러울 테니 수술이 진행되는 동안 죽는 게 차라리 낫다는 생각을 하게 될 것이다.

하지만 입을 열어 신음을 내거나 말을 하진 못할 것이다. 의식만 깨어 있을 뿐이기 때문이다.

수술을 마친 후에도 진통제가 전혀 작용하지 않는다. 그래서 더 고통스러울 것이다.

양심적으로, 착하게, 남들을 배려하면서, 정의롭게 살았어야 하는데 그러지 않았던 것에 대한 벌이다.

*   *   *

"일호도 보낼 걸 그랬나? 처리할 인원이 꽤 많을 텐데. 지금이라도 합류시킬까?"

YG—4500 8기가 출발하고 한 시간이 지났을 때 잠자리에 누운 현수가 한 말이다.

"안 됩니다. 무엇보다 폐하의 안위가 중요해요."

"난 이 안에서만 생활하잖아. 해코지할 사람도 없고."

"그래도 안 됩니다. 일호라도 폐하 곁에 있어야 해요."

도로시의 대답은 단호했다.

신일호는 현재 히야신스 밖에 옆 건물 2층 난간에 걸터앉아 사방을 경계하고 있다.

혹시라도 있을지 모를 습격이나 테러분자의 접근을 사전에 차단하기 위함이다.

위성들은 히야신스로부터 100m 이내에 접근하는 모든 사람들을 실시간으로 확인하고 있다.

성별, 직업, 나이, 주소, 국적, 성향, 재력, 경력, 현 상태 등이 샅샅이 조사된다.

조사 결과 조금이라도 이상이 있다 판단되면 신일호에게 정보가 전송된다.

예를 들어, 히야신스로 들어가 폭력행위를 할 것으로 예측된 대상에겐 수면가스가 살포된다.

흡입하고 2~3초만 지나면 완전히 곯아떨어진다.

잠든 자는 그의 주소지 근처 안전한 곳으로 이동된다. 그러곤 최하 8시간은 수면상태를 유지하게 될 것이다.

신일호는 현재 사람이나 동물의 눈에 보이지 않고, 카메라에도 찍히지 않는 '광학 스텔스 기능'이 켜진 상태이다.

체온도 없고, 호흡도 없으니 손으로 만져보지 않는 이상 존재를 확인할 수 없다.

"처리할 인원이 너무 많잖아. 안 그래?"

"네! 많은 건 인정해요. 하지만 최대한 빨리 끝내라고 했어요. 24시간 쉬지 않고 처리하러 다닐 거예요."

"그래! 쓰레기는 빨리 치우는 게 상수지. 참! 친일파와 그 후손들에 대한 이야기를 안 했네."

자리에 누워 있던 현수가 벌떡 일어나자 도로시가 시큰둥한 표정으로 대꾸한다.

"통신으로 다 되니까 걱정 마세요. 그놈들 추가할게요."

"진심으로 반성한 사람들은 예외인 거 알지?"

"당근이죠! 다 조사해 놨어요."

"잘했네."

"근데 그놈들에겐 뭐로 처벌하죠?"

"조상이 남긴 재산을 찾으려고 했던 놈들은 데스봇 5단계, 그놈들 편에 섰던 변호사와 판사는 6단계."

"네…? 어째 변호사와 판사가 더 높은 거죠?"

"때리는 시어미보다 말리는 시누이가 더 밉다잖아."

"아…! 이해했어요."

딥 러닝의 결과 이런 비유도 완벽하게 알아듣는 모양이다.

"참! 일본 로또 그거 만들었어?"

"네, 적당한 거는 찾아놨어요."

"적당한 거?"

"네! 다음 주 금요일, 그러니까 2016년 4월 29일에 추첨하는 로또7은 1등 당첨자가 한 명이에요. 당첨번호는 3, 6, 7, 30, 32, 36, 37이에요."

"그래? 당첨번호 한번 변태 같네."

"네! 당첨자가 한 명이라도 있는 게 신기해요."

"그러게! 10대와 20대 숫자가 하나도 없어. 그래서 당첨금은 얼마야?"

"5억 3,528만 700엔이에요."

"그래? 한국 돈으로 얼마야?"

"그날 환율은 달러당 108.08엔이에요. 이를 환산해 보면 495만 2,634달러 16센트지요. 이걸 다시 한국 돈으론 따져보면 58억 2,305만 9,613원이네요."

"흐음, 그러면 김인동 씨 채무를 다 청산하고도 상당히 많이 남겠네. 1등을 2명으로 할 거야?"

"아뇨! 한 명으로 할 거예요."

당첨될 사람의 번호를 다른 것으로 바꾸겠다는 뜻이다.

김인동의 채무원금은 25억 4,500만 원이고, 미지급급여 7,930만 원, 그리고 카드 연체원금이 611만 6,560원이다.

"채무원금만 26억 3,000만 원이 넘으니 이자까지 합쳐서 30억이라 치고……."

현수가 말을 끊은 건 갚을 게 더 있느냐는 뜻이다. 도로시가 어찌 이런 뉘앙스를 눈치 못 채겠는가!

"권지현 님 아파트 융자금 1억 4,500만 원과 신용대출 원금 5,000만 원도 있어요."

"그래! 그거까지 합쳐서 32억이라 치자. 그거 다 빼도 26억 2,305만 9,613원이 남네."

"계산상으론 그래요."

"흐음! 그럼 일본에서 안 올지도 모르겠네."

26억 원이 넘는 돈이 있다면 굳이 정떨어진 한국으로 돌아올 필요가 없다. 계속 일본에 머물거나 다른 나라로 갈 수도 있는 것이다.

"일본에선 당첨금에 세금을 매기지 않지만 그걸 한국으로 가져오면 3억까지는 22%, 초과된 건 33%를 세금으로 내야 해요."

"헐…! 나라가 뭐 한 거 있다고?"

"그게 법이에요."

"이건 나라가 아니라 완전 강도네. 아무것도 안 하고 당첨금에서 세금만 떼어간다고?"

"거의 그렇죠."

도로시도 동의한다는 듯 고개를 끄덕인다.

"외국에서 당첨된 건데 국내에서 세금을 왜 떼어가. 뭔가 불합리하지 않아? 안 그래?"

"그러게요. 근데 대한민국 법이 그래요."

"이건 뭐 완전 엿 같은 법이네. 그럼 3억에 대한 22%

인 6,600만 원에다가 나머지 금액 전체의 33%를 합친 18억 8,860만 9,670원을 세금으로 내야 한다고?"

"네! 맞아요."

"끄응! 그럼 7억 3,444만 9,943원밖에 안 남네."

당첨금 58억 2,305만 9,613원의 87.4%쯤이 금방 사라진 느낌이다. 본인 돈도 아니지만 왠지 허무하다.

"그러게요. 그러면 귀국하지 않을 수 없겠죠?"

평생을 외국에서 머물기엔 너무 적은 돈이다.

"나 같으면 빚 안 갚고, 한국에도 안 오고 일본에서 돈 다 쓸 때까지 안 온다."

막대한 세금을 떼어간다니 괜한 심통이 나서 하는 말이다.

"아내이신 권지현 님은 임신 중인데다 5급 공무원이고, 장인은 대구지청장인데다 장모님은 요양병원에 계세요. 친어머니는 남의 집에서 애 봐주고 계시고요."

김인동이 한국으로 돌아올 수밖에 없다는 뜻이다.

"에고, 참으로 답답한 인생이구나."

"그러게요. 제 생각도 그래요. 그러니 어서 힘을 내서 이실리프 제국을 다시 세우세요."

Chapter 12
—
귀찮아! 권하지 마

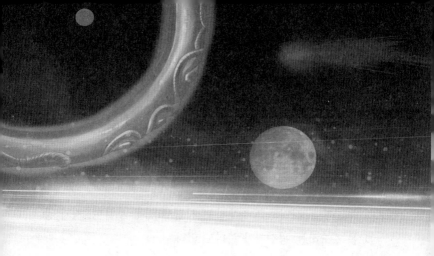

"제국을?"

"네! 세금 한 푼 없는 나라잖아요. 물가는 엄청 싸구요."

"그래, 그렇지."

"공기 맑고, 토양과 바다 깨끗하죠. 농, 수, 축산물 싱싱하죠. 게다가 얼마나 발달된 나라였는지 생각해 보세요."

불과 몇 달 전까지 머물던 곳에 대한 이야기이다.

"여기에 비하면 거긴 천국 중의 천국이에요."

도로시의 말처럼 이실리프 제국은 천국이라 해도 과언이 아닌 나라이다.

자연환경은 너무도 깨끗하고, 범죄율은 0%대에 수렴하며,

물가는 엄청 싸다. 교통수단도 매우 안전하며, 고도로 발달되어 서울에서 제주도 정도의 거리는 10분이면 간다.

주거는 말할 것도 없이 너무도 쾌적하고, 편리하다.

서로 더 많이 가지려는 아귀다툼도 없고, 더 좋은 대학, 더 좋은 직장을 원하는 치열한 경쟁도 없다.

누군가를 시기하고 질투하는 사람도 매우 드물며, 자기 종교를 강요하는 광신자가 하나도 없다.

그리고 장애인도 없다. 다운증후군 같은 건 태중에서 치료된다. 팔다리가 끊기는 일도 드물지만 그렇다 하더라도 세포 재생기가 있어 크게 걱정할 일이 아니다.

외국들은 이실리프 제국의 영토는 물론이고, 영해와 영공조차 침범할 생각을 하지 않는다. 아울러 제국민들의 안위를 위협하는 행위도 전혀 없다.

제국은 고상하고, 우아하며, 품위가 있다. 그런데 잘못 건드리면 싹그리 다 죽여서 없애 버린다.

예를 들자면, 해외여행을 하던 이실리프 제국민을 납치하여 폭행하고, 살해한 집단이 있었다.

서기 2,613년 즈음 인도에서 반란이 일어났다.

7년에 걸친 내전 끝에 인도는 남쪽 끝 '타밀나두[30]'와 '케

---

30) 타밀나두(Tamil Nadu) : 인도 최남단 동쪽 주(州). 면적 14만㎢. 인구 6,300만 명

랄라[31]' 지역을 잃었다.

이 땅을 차지한 반군들은 '마할(Mahal)'이라는 국가를 선포했다. 마할은 무갈제국 '샤 자한[32]' 황제비의 이름이다.

마할은 말이 나라지 실제론 해적집단이다.

이들은 인도양을 오가는 선박들을 상대로 해적질로 배를 불렸다.

그러던 어느 날 이실리프 제국의 범선이 지나쳤다.

이실리프 제국의 국기를 달면 어느 누구도 건드리지 않는다는 걸 알기에 별다른 방비가 없는 배였다.

그렇기에 순식간에 해적들에 의해 나포되고 말았다. 그러곤 모두가 해적의 포로가 되었다.

몸값을 요구했지만 제국은 이를 단호히 거절했을 뿐만 아니라 즉각 송환하지 않으면

보복하겠다는 경고를 했다.

그런데 마할의 해적들이 이를 우습게 여겼다.

남자 인질들의 목을 자르거나 가죽을 벗기는 등의 만행을 저지르면서, 여자들을 모조리 강간했다.

그러곤 자신들의 흉포함을 자랑하려는 듯 살해와 강간 장면이 녹화된 파일을 인터넷 플랫폼에 이를 올려놓았다.

---

31) 케랄라(Kerala) : 인도 최남단 서쪽 주. 면적 3만 8863㎢. 인구 2,910만 명
32) 샤 자한 에아잠(1592년 1월 5일~1666년 1월 22일) 1628년부터 1658년까지 무굴 제국을 다스린 제5대 황제

이를 본 마할의 국민들이 댓글을 달았는데 눈 뜨고는 못 볼 악플 투성이였다.

이를 보고 받은 현수는 분기탱천했다. 하여 144개 카헤리온 편대에 즉각적인 보복을 명령했다.

그 결과, 9서클 궁극마법 중 하나인 라이트닝 퍼니쉬먼트가 7일간 쉬지 않고 뿜어졌다.

그래서 100㎠ 당 하나 정도의 벼락이 떨어졌다.

벼락에 노출되었던 동식물은 소멸의 길을 걷게 되었다.

하지만 집 안이나 동굴 등에 숨어 있던 자들은 전혀 피해를 입지 않았다.

그렇기에 적지 않은 수가 살아남았다.

생존자들은 죽은 자의 주머니를 뒤졌고, 텅 빈 상점을 약탈했다. 그러곤 벼락으로 익은 인육을 먹어 치웠다.

이런 상황을 위성을 통해 본 현수는 다시 한번 노화를 터뜨렸다.

죽은 여인의 시신을 시간(屍姦)하고, 그 인육을 먹는 모습을 보았으니 당연한 일이다.

하여 친히 왕림하여 '어스 퍼니쉬먼트' 마법을 구현시켰다. 9서클 궁극마법 중 하나인 이것은 '대지의 징벌'이라 불린다.

현수가 대지의 여신 가이아의 사위가 된 이후 대지 관련 마법은 이전보다 10배 이상 강해졌다.

하여 땅이 갈라지고, 용암이 솟아올랐으며, 하늘로부터 불타는 돌덩어리들이 쏟아지기 시작했다.

마할 전 지역이 인세지옥으로 변해 버린 것이다.

도주할 곳은 없었다. 해변에서 시작하여 점차 육지 안쪽으로 진행되었기 때문이다.

북쪽엔 인도 군이 버티고 있으니 고스란히 당할 수밖에 없었다. 천지사방에서 엄청난 지진이 발생되었고, 시뻘건 용암이 용솟음쳐 모든 것을 삼켜버렸다.

참고로, 타밀나두와 케랄라 지역의 면적은 22만 7,763㎢나 된다. 한반도 전체보다도 약간 넓다.

그런 곳이 불과 열흘만에 완전 초토화되었다.

그 결과 7,113만 4,655명이던 마할의 인구는 졸지에 420명으로 줄었다. 7,113만 4,235명이 죽은 것이다.

운이 좋아 살아남았던 사람들도 그리 오래 산 건 아니다.

마할의 영토였던 곳에 수많은 운석들이 쇄도하였던 것이다. 이 상황은 위성으로 생중계되었다.

그 결과 마지막 남은 420명도 모조리 목숨을 잃었다.

그리고 마할이 존재하던 타밀나두와 케랄라 지역은 풀 한 포기, 나무 한 그루 없는 완전한 황무지가 되어버렸다.

그제야 세상 사람들은 오래전 이스라엘을 누가 그토록 완벽하게 멸망시켰는지를 깨달았다.

요르단, 시리아, 이집트 등 범 아랍국가들은 '알라가 내린 형벌'로 알고 있었다. 교과서에 그렇게 기록되어 있었다.

그런데 전혀 아니라는 걸 확실하게 알게 되었다.

하여 이실리프 제국이 이스라엘을 완벽하게 멸망의 길로 이끌었다고 고쳐 적었다.

그리고 마할이 당한 내용을 고스란히 추가시켰다. 후손들로 하여금 경거망동하지 못하게 하려는 의도이다.

어쨌거나 이 사건 이후 이실리프 제국의 선박이나 항공기는 물론이고, 자동차에게 위해를 가하는 사람이나 단체는 완전히 사라졌다.

외국으로 여행을 간 제국민들을 상대로 시비를 걸거나 폭력 또는 테러를 가하는 행위 역시 전혀 없다.

심지어 소매치기나 강도도 없다.

혹시라도 그런 행위를 할라치면 주변 사람들이 먼저 그를 제지하거나 목숨을 빼앗았다.

이실리프 제국을 잘못 건드리면 일가족 몰살 정도로 끝나지 않음을 확실하게 깨달은 결과이다.

그래서 어떤 국가에서는 '이실리프'라는 말이 금칙어가 되었다. 혹시라도 불벼락이 떨어져 전멸할까 두려웠던 것이다.

나라 밖은 이래도 안은 달랐다.

이실리프 제국은 나날이 발전했고, 생활은 점점 더 편리해졌으며, 먹고, 입고 쓰는 것들은 점점 더 고급지고 세련되어갔다. 그럼에도 가격은 오르지 않았다.

오히려 가격이 하락하는 추세였다.

새롭게 개발된 기술이 적용되어 생산단가가 내려가자 상품의 가격을 인하했던 것이다.

인세(人世)에 천국이 구현되었다며 모두가 초대황제 김현수를 기리고 숭상했다.

지나의 사서(史書)를 보면 요(堯)임금과 순(舜)임금이 다스릴 때가 역사상 가장 살기 좋았던 태평성대를 구가(謳歌)했다고 되어 있다.

이실리프 제국은 그보다 백만 배는 더 살기 좋은 나라라고 자타가 인정했다.

하여 어느 지역에선 김현수를 신으로 모시는 '초대황제교'가 만들어지기도 했다. 하지만 교세를 넓히진 못했다.

이실리프 제국엔 없는 것이 몇 가지가 있다.

첫째는 세금이다.

평생 동안 단 한 푼의 세금도 내지 않는다.

둘째는 의무이다.

납세, 국방, 교육의 의무 등이 없다.

셋째는 종교이다.

종교를 만들어도 안 되고, 전파해도 안 된다.

자신의 종교를 타인에게 전하는 것도 안 되며, 종교행위를 하기 위해 모이는 것도 불가하다.

종교시설의 건설도 당연히 불허되었고, 기존 건물을 종교시설로 사용하는 것도 불법이다.

이를 어기면 즉각 국외로 추방당하고 영구 입국금지이다.

천국에서 쫓겨나고 싶은 이가 얼마나 있겠는가!

그렇기에 정부가 나서기도 전에 초대황제교는 소리 없는 메아리가 되어 해체되어 버렸다.

어쨌거나 이실리프 제국은 사람이 살기에 더없이 좋은 나라이다. 오죽하면 인세천국이라 하겠는가!

외국인들은 꼭 가서 살고 싶은 나라 1위로 꼽았다.

도로시는 그런 나라를 다시 건국하라고 부추긴다.

아주 잠깐 그게 가능할까 싶은 생각을 품었으나 이내 고개를 흔들었다. 하는 짓들이 눈꼴시어서 청소를 시작했을 뿐 적극적으로 개입하고픈 마음이 들지 않아서이다.

"로또7 당첨금 들여오려고 이실리프 제국을 다시 세우라는 건 좀 너무하지 않아? 돈도 많은데."

"그건 그렇지만 조금 전에 그러셨잖아요. 나라에서 한 게 뭐 있다고 세금을 떼냐구요."

살짝 현수의 심기를 긁는다. 제국 재건의 희망을 잃지 않은 것이다.

"그래, 그랬지."

"그럼 바꾸셔야 하는 거 아닌가요? 폐하의 마음에 안 드는 건데. 안 그런가요?"

현수의 뜻에 따라 세상이 바뀌어야 한다는 말이다.

"그거야 합당하지 않아서 그랬지. 아무튼 더 이상 제국을 만들라고 권하지 마. 귀찮으니까."

"······에고, 알았어요!"

제 뜻이 받아들여지지 않자 도로시가 살짝 삐친 듯 눈을 흘기며 고개를 돌린다.

"삐치지도 마, 이건 황명이야!"

"···치이! 너무해요. 별걸 다 황명이라서."

"별거라니? 도로시 삐치는 게 왜 별거야? 도로시는 나의 최측근이야. 그런 측근이 사소한 일로 삐치는 건 안 좋아. 서시(西施)의 찡그림 알지?"

서시는 춘추전국시대 때 월(越)나라 미녀이다.

서시가 가슴이 아파서 얼굴을 찌푸리고 다니자, 이를 본 못생긴 여자가 자기도 가슴에 손을 얹고 남이 볼 때마다 얼굴을 찌푸렸다.

이를 본 마을 사람들은 문을 닫아걸고서 나가지 않았다.

"당연히 알죠!"

"도로시는 예쁘니까 찡그려도 보기 좋은데 다른 사람들이 그러면 내가 어떻겠어?"

"정말요?"

예쁘다는 말에 살짝 현혹된 듯싶다.

"그럼! 도로시는 한마디로 끝내주잖아, 안 그래?"

많은 여인들을 거느리고 살았기에 여심을 사로잡는 법
따위는 이제 일도 아닌 수준이 된 것이다.

"정말 그런 거죠?"

"당근이야! 그니까 삐치지 마. 알았지?"

"헤헤! 네에."

비로소 예전의 도로시로 돌아왔다. 딥 러닝으로 발달된 인
공지능이라 그런지 인간과 거의 유사하다.

"그나저나 복권은 다 만든 거지?"

"당첨번호도 알고 만능제작기도 있으니 금방 만들어요."

"그럼, 지현이는 인천지방법원으로 발령 내고, 장인어른, 아
니, 권현철 지청장님은 서울고검장으로 발령 내."

"네에. 알았어요."

도로시가 어떤 방법으로 인사이동에 개입할지는 알 수 없
다. 한 가지 확실한 건 당연히 될 것이라는 것이다.

*   *   *

충분히 그럴 만한 능력을 갖추고 있다.

"신수동 사옥부지 매입은 어때?"

"거의 다 되었어요. 현재 11,765평 매입 완료예요."

"관공서 이전은?"

"거기도 우리 제안을 받아들인대요. 이건 폐하가 외국인 신분이라 좀 쉬웠어요."

최소 1만 5,000평 정도는 확보된다는 뜻이다.

"외국인투자촉진법의 혜택을 받았다는 거지?"

"네! 대규모 외자도입사업이니 당연하죠."

땅값과 건설비만 20억 달러 정도이니 작은 사업은 아니다.

"그래? 거기 있는 종교시설은 어때? 아직도 2배를 달래?"

"네? 종교 뭐요?"

현수의 음성이 뭉개져서 들린 듯 반문한다.

"시세보다 더 달라고 그러면 절대 사지 마. 알았지?"

"아, 네에! 그럼요."

"우린 그거 없어도 되잖아."

"근데 거기도 시세에 매입할 수 있을 거 같아요."

"그래? 어떻게 마음 바꿔 먹었대?"

욕심을 버렸다니 믿어지지 않는다.

"교인들 대부분이 주변에 거주하고 있더라구요."

"그거 하고 무슨 상관인데?"

"Y—빌딩이 들어서면 주변 땅값까지 왕창 오를 것 같으니까 소탐대실하는 바보짓은 안 할 모양이에요."

"그래? 좋기는 한데, 왠지 찝찝하네."

"뭐가요?"

"돈은 우리가 쓰고 땅값 올라서 돈 버는 건 다른 사람들이니까 말이야."

"에이, 그건 할 수 없죠."

"하긴 뭐~! 그건 그렇게 해. 근데 부지통합 후 용도지구 변경은 어떻게 되어가?"

"서울시장이 결정권자라 접근방법을 모색하는 중이에요."

"그래? 어떻게 접근할 건데?"

현직 서울시장은 뇌물 등으로 포섭할 수 없다는 걸 알기에 하는 말이다. 그리고 그런 건 제국법에 어긋나는 일이다.

"일단은 도면으로 꼬셔볼 생각이에요."

"도면으로…? 어떻게?"

"현재의 도로로부터 충분히 이격거리를 두어 시민들을 위한 녹지공간을 조성하고, 1층과 2층의……."

잠시 도로시의 설명이 이어졌다. 다음이 그 내용이다.

종교단체와 그 너머의 주택들까지 모두 매입하면 총 사업부지는 1만 8,080평이 된다.

약간 찌그러진 사각형 모양인데 두 변은 25m 도로와 접하고, 나머지 두 변은 6m 소방도로와 접한다.

도로변을 제외한 안쪽 지역은 전부 2종일반주거지역으로

지정되어 있다. 서울시 조례에 따르면 건폐율 60% 이하에 용적률 200% 이하인 부지이다.

도로시는 몇 개의 설계안을 보여주었다.

전체사업부지 외곽에 폭 20미터 정도는 잘 가꿔진 녹지로 조성하도록 되어 있다.

이것의 내부엔 폭 2.5m, 둘레 950m 정도의 산책로 겸 조깅코스가 만들어진다.

딱딱한 바닥에서 조깅하는 습관은 평발을 만들 수 있다.

하여 디딜 때 푹신함을 느낄 특수압축 고밀도 메모리폼 매트를 깐다. 두께 10㎝ 정도이다.

이건 서기 2250년쯤에 만들어지는 것으로 실내에서 스포츠를 즐길 때 사용했다.

남극, 북극이나 사막 같이 가혹한 조건에서 10년을 사용해도 갈라지지 않고, 빗물은 그대로 투과된다. 우레탄 산책로처럼 푹신하지만 환경은 오염시키지는 않는 것이다.

이보다 안쪽에 세워질 Y—빌딩은 살짝 휘어진 ㄱ자 모양으로 건립된다.

지하엔 2층에선 수영, 볼링, 탁구, 당구, 테니스, 스쿼시, 배드민턴, 양궁, 국궁, 농구, 배구 등을 즐길 수 있게 된다.

지하1층엔 바닥면적 1만 평 이상인 초대형 할인마트와 멀티플렉스 및 사우나와 휴게공간들이 들어선다.

지상 1~3층엔 다양한 점포들이 들어선다.

커피숍, 제과점, 음식점, 서점, 문구점, 병원, 약국, 학원, PUB, 이발소, 미용실, 네일샵, 옷가게, 화장품 가게 등이다.

4~5층은 사무실로 일반에게 임대하고, 6~10층은 Y—그룹 계열사들이 들어선다.

11층부터 45층까지는 임직원들을 위한 아파트들이다.

46층과 47층은 복층구조를 가진 펜트하우스로 설계되어 있다.

Y—그룹에서 직접 사용하는 6~47층은 당연히 무상이고, 나머지는 임대료가 매우 저렴하다.

낡고 소형인 주변상가의 50% 정도가 될 것이다.

이것 역시 Y—파이낸스 건물들처럼 10년까지 임대료 및 관리비 인상 없이 사용할 수 있도록 한다.

상가나 아파트는 단 하나도 분양하지 않을 계획이다.

"총 사업부지가 1만 8,080평이라고 했지?"

"네! 거기까진 확실해요. 더 넓을 수도 있구요."

"더 넓어? 어떻게?"

"근처에 학교가 하나 있는데 그 학교 뒤쪽 주택가도 사려고 마음먹으면 살 수 있을 거 같아요."

"소방도로가 있다며."

"네! 그것도 살 수 있어요. 아무튼 그쪽도 다 사들이면 9,000평 정도 더 늘릴 수 있어요."

"그래?"

현수가 흥미 있다는 표정을 짓자 얼른 말을 잇는다.

"근데 그러면 부지 모양이 이상해져요. 학교와 다른 아파트 단지 때문에요."

"뭐, 그렇다면 알았어. 근데 이 설계안은 용도지구가 어떤 걸로 예상하고 그려낸 거야?"

"일반상업지역이요."

"건폐율 60% 이하에 용적률 800% 이하잖아. 그런데 이렇게 할 수 있어?"

바닥면적이 부지면적의 800%를 넘은 듯하여 물은 말이다.

"당연히 아니죠. 그래서 조금 더 상향한 걸로 그려봤어요."

"어떻게?"

"사업부지 전체가 '중심상업지역'으로 지정되면 건폐율 60%에 용적률 1,000%가 되요. 이 도면은 그걸 감안해서 설계된 거예요."

"근데 서울시에서 그걸 해주겠어?"

중심상업지역이란 도시계획법에서 도심과 부도심의 업무기능 및 상업기능을 확충하려고 만든 상업지역이다.

이렇게 되면 땅값이 상승한다. 부지가 넓으니 시세차익만 해도 상당할 것이다.

그런데 공무원들은 자신들이 책임질 만한 일은 아예 안 하려고 하는 습성이 있다. 다시 말해 위험을 무릅쓰고 누군가를 위해 없던 일을 만들려고 하지 않는다.

공무원 사회의 고질 중 하나인 복지부동이다.

"4층이나 5층 중 일부를 서울시에서 사용할 수 있도록 기부채납 또는 무상임대를 하면 될 듯해요."

참고로, 기부채납(寄附採納)이란 자기 재산의 소유권을 무상으로 이전하여 국가 또는 지방자치단체가 이를 취득하는 것을 뜻한다.

무상임대는 말 그대로 돈 안 받고 빌려주는 것이다.

총 사업부지가 18,080평이고, 건폐율이 60%라면 바닥면적 10,848평짜리 건물을 올릴 수 있다.

용적률 1,000%가 적용된다면 16.6층을 지을 수 있고, 바닥면적을 3,846평으로 줄이면 47층까지 지을 수 있다.

도로시는 여기서 한발 더 나아갈 생각이다.

사업부지의 땅값은 매우 비싸다. 도로변이야 당연히 비싸고, 안쪽 주택가도 만만치 않다.

하여 총 매입비용이 평당 2,500만 원 정도 들 것으로 예상된다. 토지가격만 4,520억 원이다.

기존 건물들을 모두 철거해야 하니 초기사업비용으로 최하 5,000억 원 이상이 소요될 것이다.

뿐만 아니라 원주민들 이주를 위해 아파트와 빌라 등을 400채 이상 매입하였다. 이 돈도 약 4,000억 원이나 된다.

이렇게 많은 돈을 들이니 최대한 넓고, 높게 지을 생각이다. 하여 외국인투자촉진법을 들먹여 건폐율 70%에 용적률 1,300%인 부지로 지정받을 계획이다.

이렇게 되면 바닥면적 4,700평짜리 건물을 50층까지 지을 수 있게 된다.

문제는 맨 입으로는 안 된다는 것이다.

그렇다 하여 뇌물을 먹일 생각은 전혀 없다. 이실리프 제국에서 엄격히 금하는 일인 때문이다.

그렇기에 기부채납이라는 방법을 생각해 냈다.

2012년 8월에 완공된 중구 태평로 1가 31번지 소재 '서울시 신청사'의 면적은 12,709㎡이다.

평(坪)으로 환산하면 3,844평 쯤이고, 2,989억 원을 들여서 건립했다.

도로시는 4층 사무 공간 가운데 4,000평을 서울시에 기부채납 또는 50년 무상사용을 제안할 생각이다.

이렇게 되면 나머지 700평은 법무사나 행정사 등이 앞 다퉈 입주하게 될 것이다.

서울시 공무원들이 근무하면 민원인들도 많이 찾을 것이니 아래층 상가와 스포츠 센터들은 호황을 누리게 된다.

공무원들은 점심 먹고 산책로 한 바퀴 도는 것만으로도 충분한 휴식 및 운동이 될 것이다.

돈 한 푼 안 들이고, 그것도 외국자본으로 다소 낡은 주택가를 완전히 상전벽해시키는 일이니 서울시장도 혹할 수밖에 없는 제안일 것이다.

4대문 안에 있는 것도 아니니 교통체증을 유발시키지도 않는다.

그리고 새로운 청사를 마련하지 않고도 충분히 넓은 공간이 생기니 나쁘지 않을 것이다.

서울시 부(副)청사 정도로 사용될 수도 있다.

아무튼 도로시의 뜻대로 되면 지하 1~8층은 각각 17,000평 정도이고, 1층~50층은 각각 4,700평이다.

이럴 경우 Y-빌딩의 총면적은 37만 1,000평이 된다. 대한 민국에서 가장 바닥면적이 넓은 건물이 되는 것이다.

11층부터 50층까지 면적만 18만 8,000평이다. 몽땅 30평짜리 아파트로 조성한다면 6,266가구나 들어설 수 있다.

실제로는 이보다 많을 수도 있다. 싱글로 사는 직원에게 군이 방 3개짜리 아파트를 제공할 필요는 없는 때문이다.

대신 큰 평수를 많이 만들면 당연히 가구 수가 줄어들 것이다. 당연한 일이다.

아무튼 모두 Y-그룹 임직원들에게 무상으로 제공된다.

아래에서 근무하고 엘리베이터를 타고 퇴근하게 되니 새로운 교통 유발로 인한 혼잡은 없을 것이다.

"생각해 보니까 굳이 50층까지 지을 필요는 없을 거 같아. 그렇게 허가를 해줄 것 같지도 않고."

"왜요?"

"인근에서 가장 높은 건물이 몇 층이야?"

"으음, 35층짜리 아파트가 있네요."

"그럼 40층짜리랑 35층짜리 두 개의 안을 만든 다음에 협상해 봐."

"에? 전에 50층짜리로 만들라고 하셨잖아요."

"외국인투자촉진법을 들먹여도 그건 허가가 어려울 거야. 높이 짓는 걸 싫어하니까. 그러니 내 말대로 해."

"넵!"

도로시는 즉시 최적화된 설계에 들어갔다.

35층짜리는 한 층 바닥면적이 5,715평이고, 40층짜리는 5,876평이다. 전체면적은 큰 변화가 없다.

35층짜리엔 30평 아파트 5,595가구를, 40층짜리엔 5,876가구를 조성할 수 있다. 6~10층까지를 Y−그룹 계열사들이 사용할 때의 가구 수이다.

아무튼 둘 다 총면적 37만 평 이상이 될 예정이다.

참고로, 서울역 앞 옛 대우빌딩의 면적은 약 4만 평이고, 여의도 63빌딩은 약 5만 평이다.

건물 안쪽 부지엔 잘 가꿔진 정원이 조성된다.

중앙의 야트막한 언덕엔 작은 정자가 세워진다.

근처엔 제법 큰 물고기들이 서식하는 연못도 있다. 부레옥잠과 수련, 부들과 창포 등을 볼 수 있을 것이다.

예쁜 꽃밭 사이엔 오솔길도 생긴다.

잔디밭도 있고, 귀여운 토끼들을 볼 수 있을 것이다. 굴을 파는 습성이 있으니 그걸 감안하면 된다.

부지경계에는 혹시 있을지 모를 홍수나 수해를 대비한 5m 높이의 수밀차단벽이 설치된다.

평상시엔 25㎝ 정도 솟아 있다.

이것의 상단 흙이 닿지 않는 쪽에는 쥐와 해충의 침입을 막는 '초음파 발생 마법진'이 있다.

토끼가 외부로 나가는 것을 막는 역할도 한다. 따라서 울타리는 설치하지 않아도 된다.

현수가 1서클만 되도 이 마법진은 활성화될 것이다.

"아무튼 김인동 과장에게 연락해서 올라오라고 하고, 지현이와 지청장님 인사이동 잊지 마."

"넵! 안녕히 주무십시오."

"그래, 아침에 깨워."

"당연한 말씀이네요."

현수가 잠드는 순간 신이호의 둘째손가락이 룸살롱에서 술 마시는 사내의 목덜미로 향했다.

각종 이권에 개입하여 부조리한 일을 많이 한 인물들이 떼거리로 모여서 술을 마시는 중이다.

"그놈은 레벨 4, 오른쪽도 레벨 4. 왼쪽은 레벨 5, 맞은편도 레벨5. 발사!"

"……!"

아무런 소리도 들리지 않는다.

비교적 가까운 거리인데다 나노로봇 자체가 너무 미세해서 공기를 뚫고 지나는 파공음조차 없는 것이다.

녀석들에게 쏘아져나간 나노로봇은 표피세포를 뚫고 들어가자 곧바로 자신들이 가야 할 위치를 찾아 이동한다.

너무 작아서 세포벽을 뚫고 지나가도 별다른 변형이 일어나지 않는다. 물론 통증도 전혀 없다.

Chapter 13

—

이차, 깜박했어

"하하! 그래서? 그 계집은 어땠는데? 쫄깃쫄깃 했어?"

"크크! 그럼, 내가 여태 만나서 건드려 본 애 중엔 최상이었지."

"쩝 좋았겠네. 자네는 어땠나?"

"나…? 나는 꽝이었어. 애가 숫기도 없고, 경험도 없어서 아프다고 징징대기만 했어."

"우와! 처녀였어? 땡 잡았네."

"아니! 그런 것도 아닌데 그러니까 짜증이 났지."

사내는 술잔을 벌컥벌컥 비운다. 어젯밤을 생각하면 괜스레 짜증이 나서이다.

사회적 문제를 일으키고 구치소에 갇혀 있는 연예기획사 사장의 처남이라는 놈이 만나자고 해서 나갔다.

강남의 텐프로 룸살롱 중 하나였다.

대화를 마칠 때쯤 예쁘장한 아이 하나가 들어왔다.

그런데 어려 보였다. 젖살도 안 빠진 애 같아서 미성년자냐고 물었더니 아니라면서 딱 스물이라고 했다.

얼굴도 예쁘고, 몸매도 괜찮아서 술 마시는 동안 매우 흡족해했다.

이런 걸 눈치챈 기획사 사장의 처남은 매형을 잘 부탁한다면서 이내 자리를 떴다.

취하면 안 되기에 적당히 마시고 미리 계산이 끝난 객실로 올라갔다.

그러곤 같이 샤워를 했다. 물론 약간의 장난도 쳤다. 순종적이라 매우 좋았다.

침대에 올라 본격적인 방사를 시작했는데 계속 아프다면서 징징거렸다.

하여 처녀냐고 물어보니 그건 아니라고 한다.

살짝 김이 빠졌기에 징징대든 말든 신경 안 쓰고 본인 볼일을 다 보고 내려왔다. 그러곤 혼자서 귀가해 버렸다.

근데 못 먹을 걸 먹은 것 같은 찜찜함이 느껴졌다.

참으로 대단한 육감이다.

본인 모르게 모든 상황이 녹화되었던 것이다.

감옥에 갇힌 매형이 석방되도록 힘써주지 않으면 협박할 용도로 찍은 것이다.

그리고 사내가 건드린 계집아이는 스무 살이 아니라 열여덟 살이다.

고등학생이고, 기획사 연습생 중 하나이다. 이 아이의 처녀를 유린한 건 구치소에 들어가 있는 기획사 대표이다.

그놈이 감옥에 갇히기 전날 당했다.

아무튼 제 욕심만 차린 놈은 사법부에 근무한다.

국민이 부여한 권력으로 뇌물이란 뇌물은 다 받아 챙기는 중이다.

초록동색(草綠同色), 유유상종(類類相從)이라는 말이 있듯 곁에 있는 놈들도 똑같이 나쁜 놈들이다.

교도소에 가면 서로 범죄수법을 가르친다더니 이놈들도 서로에게 못된 것을 알려주며 지내왔다.

티 안 나게 뇌물 받는 법, 뒤탈 없애는 법, 약점 잡힌 놈 쥐어짜는 법, 술집 계집애들 유린하는 법, 문제 생겼을 때 발뺌하는 법, 어려운 일이 닥쳤을 때 사안 별로 어떤 권력자에게 청탁해야 하는가 등이다.

그러고는 정기적으로 모여서 오늘처럼 킬킬거리는 시간을 갖곤 했다.

그러면서 서로가 가진 정보를 나누거나 서로에게 배경이 되어주었다.

"그나저나 너희 형님, 이번이 3선인 거지?"

말한 놈의 형이 이번 국회의원 선거에 여당의원으로 선출된 걸 다 알면서 하는 말이다.

"그럼, 그럼! 4년 후면 4선이지. 아무튼 또 됐으니까 좋은 거 있음 물어와. 내가 뒤 봐주라고 할 테니까."

"그래? 그럼 이번에 말이지……."

형사사건 담당검사 이창만의 음성이 살짝 줄어든다.

이놈은 모 기업에서 조성한 비자금이 해외로 밀반출된 건을 조사하는 중이다.

작년 여름, 관할지 야산에서 변사체가 발견되었다.

누군가 빨리 썩으라고 얕게 암매장해 놓았는데 짐승들이 파헤치는 바람에 발견된 사건이다.

이미 많이 부패하여 신원을 확인하는 데 애를 먹었지만 결국 알아내기는 했다.

죽은 자는 모 재벌사 회계담당 이사였다.

좋은 대학을 나와, 잘 먹고 잘살았으며, 다른 기업과의 직접적인 거래에 나선 적이 없는 업무를 맡고 있었다.

다시 말해 누군가의 원한을 사서 살해된 건 아닌 듯싶었다.

경험 많은 수사관이 말하길 원한이나 치정으로 인한 사건도 아닐 것이라 하였다.

초고도비만이라 성행위 자체가 어렵다는 뜻이다.

어쨌거나 사체는 양복을 걸친 채 발견되었다. 스스로를 묻을 수는 없으니 누군가에게 살해되었음을 의미한다.

하여 살해 원인을 추적하던 중 UBS 하나를 확보하게 되었다.

죽은 자의 자동차 트렁크 안쪽에 은밀히 감춰져 있던 것으로 상당히 많은 파일이 담겨 있었다.

이창만 검사가 이것을 확인하던 중 피해자가 몸담고 있던 재벌사의 비자금 내역 중 일부를 알게 되었다.

2010년 초부터 2015년 3월까지 200여명의 노숙자 계좌를 통해 해외로 송금된 내역이었다.

이 검사는 휴가를 내고 은밀히 버진 아일랜드로 향했다. 그곳에서 확인한 금액만 1억 8,852만 달러였다.

확인 당시 환율로 환산해 보면 약 2,216억 5,000만 원이다. 두 달 전의 일이다.

이 검사는 혹시나 하여 2만 달러를 인출해 보았다.

계좌번호와 비밀번호만 맞으면 아무것도 묻지 않는 비밀계좌이니 즉시 출금되었다.

이 돈을 가지고 귀국했다가 무슨 꼴을 당할지 모르기에 카지노에서 진탕 즐기다 왔다.

문제는 운빨이다. 돈을 잃으러 들어갔는데 이상하게도 계속 돈이 불어났다.

블랙잭, 바카라, 포커 테이블을 섭렵했는데 2만 달러가 얼마 지나지 않아 금방 12만 달러가 되었고, 또 금방 20만 달러로 불어났다.

그러고도 계속 늘어날 기세였다.

하여 콜걸을 불러서 질펀하게 놀았다.

사흘 동안 8명이나 불렀으며 후한 팁을 뿌렸다. 흑인, 백인, 동양인, 메스티소[33]를 망라했다.

"역시 돈 쓰는 덴 계집질이 최고야~!"

"크흐흐흐! 고년들 참, 야들야들 하기도 하지."

"이창만! 평생의 소원 다 풀었네. 크크크!"

8명이나 되는 여인들을 품으면서 이창만은 세상 다 가진 듯한 포만감을 즐겼다.

팁을 마구 뿌려대니 너무도 순종적이었던 것이다.

마음 같아선 나머지 1억 8,850만 달러를 혼자 꿀꺽하고 싶었다. 돈의 맛을 너무 심하게 알아버린 결과이다.

수사권을 가진 검사라곤 하지만 박봉이다.

2016년 현재 검사의 최고봉인 검찰총장의 연봉이 겨우 9,005만 원이다.

올해 부장이 되기 시작한 사법연수원 30기 판·검사 대부분 10호봉 안팎이다. 연 6,718만 원을 수령한다.

---

33) 메스티소(Mestizo) : 라틴 아메리카에 널리 분포하는 유럽인과 아메리카 토착민의 인종적 혼혈인

현직은 직급보조비 등 추가수당이 나오기 때문에 실제 수입은 이보다 1.2배에서 1.5배 정도 더 많다.

그래 봤자 연봉 1억이다.

그런데 눈먼 돈 2,216억 5,000만 원이 있다.

정황상 재벌사에서도 이 돈의 존재는 잘 모르는 듯하다.

돈의 행방을 좇았다면 죽은 자에 대한 조사가 계속되었을 텐데 전혀 그런 냄새가 나지 않았던 것이다.

그런데 혼자 먹기엔 왠지 찜찜했다. 때문에 직속상사와 모의[34]를 했다.

어차피 승진길이 막혀 지방으로 좌천되거나 옷을 벗게 될 상사는 반반씩 나누기로 했다.

상사는 필리핀으로 출국했다가 버진 아일랜드로 가서 예금을 확인했다.

이창만의 말대로 계좌번호와 비밀번호만 일치하면 출금 가능함을 확인했다.

귀국 후엔 곧바로 이민수속을 밟았다. 부인과는 이미 이혼했고, 양육권도 넘겼으니 거칠 것은 없었다.

평생토록 휴양지에서 즐기면서 살겠다며 킬킬거렸다.

마치 반쯤 돌아버린 놈 같은 모습이다. 1,000억 원이 넘는 돈을 가질 생각에 마음이 부풀었기 때문이다.

---

34) 모의(謀議) : 1. 어떤 일을 꾀하고 의논함. 2. 두 사람 이상이 함께 범죄를 계획하고 그 실행 방법을 의논함. 또는 그런 일

이걸 본 차장검사가 뭐라고 꾸짖었는데 다음과 같이 대차게 들이받았다.

"야! 이 시발아. 니까짓 게 뭔데 날 더러 뭘 하라 마라야? 엉? 별것도 아닌 게 까불고 있어…. 콱, 두들겨 패기 전에 썩 꺼져. 찌질한 새끼야!"

차장검사는 너무도 어이가 없어 멍한 표정을 짓더니 노발대발했다.

그러거나 말거나 선배는 그의 면전에 사직서를 집어던지고는 짐을 챙겼다.

이제 대한민국 사법부와는 영영 이별이니 누가 와서 뭐라고 하면 곧바로 평소의 불만을 다 씨부렸다.

평소의 근엄은 어디로 갔는지 완전한 개차반이었다.

선배의 선배들은 기도 안 찬다는 표정을 지으며 한마디 했다가 된통 당했다.

"너, 너! 그러고도 괜찮을 거 같아?"

"안 괜찮을 건 또 뭐 있는데? 찌질한 새끼야."

"뭐어? 너어, 두고 보자."

"자고로 두고 보자는 놈 치고 제대로 된 놈 없다고 했는데. 쯧쯧! 맘대로 해라. 개새꺄! 너 같은 건 이제 볼일 없으니까. 높으신 놈들 똥구멍이나 핥으면서 살아라, 이 븅신 같은 새끼야~!"

선배는 그야말로 막 나갔다. 그럼에도 선배의 선배들은 제대로 대응할 수가 없었다.

범법자가 아니니 체포할 수도 없고, 자신들 면전에 대놓고 욕하는 사람을 본 적이 없어서일 것이다.

하여 분통만 터뜨리다 돌아서며 이를 갈았다. 이를 보고 또 한마디 한다.

"에고, 그러다 이빨 다 부러지겠다. 붕신아~! 내가 치과 좋은데 소개해 줄까?"

"끄응~!"

대충 이런 식으로 돌아서며 분노를 다스렸다.

모두가 물러난 후 대체 왜 그랬느냐고 물었더니 지금껏 당했던 걸 고스란히 돌려주는 것이라 하며 굉장히 통쾌해하는 표정을 지었다.

어쨌거나 선배는 퇴직 처리되었고, 이민도 승인되었다. 하여 어제 짐 싸들고 출국했다.

반으로 나눈 예금을 다른 계좌로 옮겨놓는 작업이 완수되면 인도네시아 발리에서 만나기로 했다.

이창만은 슬쩍 동료들의 눈치를 살피며 말을 이었다.

상사가 자신을 배반할 것을 대비한 연막치기를 시도한 것이다.

물론 돈에 대한 이야기는 하지 않았다. 다들 도둑놈이나 마찬가지라는 걸 잘 알기 때문이다.

그걸 알면 먼저 가로채려고 살인교사를 마다치 않을 살모사 같은 놈들이다.

영화 같은 걸 보면 음모를 꾸밀 때 서로 머리를 맞대고 작은 소리로 소곤대는 것 같은 모습이 연출되곤 한다.

전형적인 악당들이 그러는데 지금이 바로 그런 모습이다.

이때 출입구가 살짝 열렸다가 닫힌다.

방금 전 놈들에게 데스봇을 쏘았던 신칠호가 옆방에 있는 놈들에게 볼일이 있어서 나간 것이다.

오늘은 신나게 술 마시며 놀겠지만 내일부터는 원인 모를 극렬한 고통에 비명을 지르게 될 것이다.

직장은 당연히 그만둬야 할 것이다.

근무하다 말고 비명을 지르며 바들바들 떠는 모습도 한 두 번이기 때문이다.

그럴 때마다 바지에 분변(糞便)을 지리게 될 것이다.

오늘까지는 인간으로 살았지만 내일부터는 벌레 같은 삶이 시작된다.

그런 줄 모르고 부어라 마셔라 하며 킬킬댔다.

요 대목에서 이창만이 모르는 일이 있다.

살해된 자가 운용하던 계좌에 잔액이 제로라는 것이다.

재벌이 해외에 은닉해 놓은 자금을 긁어올 때 도로시가 모조리 이체시킨 결과이다.

상사들에게 모든 불만을 털어내고 출국한 선배는 이제 끈 떨어진 연이 된 것이다.

*　　　　　*　　　　　*

　같은 시각, 모 신문사에서 단체회식을 하고 있다.

　창립기념일이라 사주와 주필 및 전 · 현직 편집자와 기자
들까지 모여 있다.

　"자아! 내일도 오늘 같기를~! 위하여~!"

　"위하여~!"

　소주잔을 추켜드는 남녀 모두 환히 웃고 있다. 그런데 그
웃음이 결코 건강해보이지 않는다.

　남들의 아픔을 후벼 파고, 남들의 인격이나 자존심 따위는
깡그리 무시하면서 제 배만 불리려는 기레기 집합장이니 뭘
해도 좋아 보이지 않는 것이다.

　"아! 이 기자, 그 기사 아주 좋았어."

　"기사요? 어떤 걸 말씀하시는 건지……."

　이 기자는 살짝 말끝을 흐린다. 매일 한 개 이상의 기사를
쓰기에 어떤 기사가 대상인지 몰라서이다.

　"아! P 말이야. P! 그거 조회수가 상당했지?"

　사회운동가 출신 정치인이 탑급 여배우 P와 불륜관계이며
둘 사이의 혼외자식이 있다는 기사이다.

　"아…, 네에. 그럼요! 괜찮았죠. 최근 반년 이래 최고 조회
수이지요."

이 기자는 의기양양해하는 표정이다. 모처럼 특종을 터뜨렸다 생각하는 것이다.

"그래! 잘했어. 그런 의미에서 한 잔 받아."

편집장이 술병을 들자 이 기자는 공손히 잔을 받은 뒤 단숨에 비워낸다.

그런 그의 곁에는 약간은 얍삽해 보이는 놈 하나가 앉아 있다.

대학 졸업 후 재벌 계열사에서 3년 정도 근무하다 신문기자 5년차가 된 김진철이다.

오늘 이 자리에 있는 건 다분히 의도적이다. 그리고 먹이를 노리는 하이에나 같은 눈빛이다.

방금 언급된 P는 탑급 배우였는데 최근 1년간 휴식기를 가지고 있다.

하여 대중이 궁금해 하는 스타 중 하나이다.

P는 현재 취미로 배운 그림이 너무 재미있어서 집 안에 칩거한 채 이젤(easel) 앞에만 서는 중이다.

그런데 정치인 K와 불륜인 관계이고, 아이까지 출산하여 집에만 칩거하는 것으로 보도되어 곤욕을 치르고 있다.

K와 대척점에 있는 여당 소속의원 L과 짜고 벌인 짓이다. 기사와 함께 올려진 사진은 조작된 것이다.

가만히 있는데 구설수에 오르게 된 여배우 P는 몹시 억울할 것이다.

자신과 불륜인 것으로 몰린 정치인 K는 공식적인 자리에서 몇 번 마주친 것 이상이 없다.

다만 그런 자리에 갈 때마다 K와 다정한 모습으로 카메라 앞에 서기는 했다. 찡그린 얼굴이나, 싫어하지도 않는데 짜증난 모습으로 설 수는 없지 않은가!

게다가 겨우 3번이었고, 그것도 2년쯤 전의 일이다.

자신의 팬이라 하니 거절할 수 없어서였고, 지지하는 정당의 중진의원이라 기꺼운 마음이 들어서이다.

그리고 그가 상정한 법안에 전적으로 동의하는 것도 작용하였다.

K는 유부남이고, 당연히 신체적인 접촉 따윈 없다.

다시 말해 사심이 끼어들 여지조차 없는 관계이다.

그런데 이 기자가 보도한 기사에 실린 사진을 보면 누구나 오해할 만한 포즈를 취하고 있다.

배경은 호텔 객실처럼 보이는데 반쯤 헐벗은 모습이라 다들 예의 주시하면서 둘을 욕하는 중이다.

이건 정식으로 자세를 잡고 찍은 사진이 아니다. 우연히 찍힌 스냅 사진인데 하필이면 오해할 만한 포즈가 되었다.

사진의 배경과 의복을 포토샵 처리하니 마치 정사(情事)를 나눈 직후의 모습인 것처럼 보인다.

이걸 신문에 실어놓고는 불륜관계와 혼외자 출생에 대한 비밀을 털어놓으라고 강요했다.

여당 정치인들은 때는 이때다 싶었는지 요란한 정치공세까지 퍼붓는 중이다.

없는 증거를 만들어서 자백하라니 기도 안 찬다.

하지만 P와 K의 '그런 일 없다' 는 항변은 받아들여지지 않았다. 아니라면 증거를 내밀라고 강요했다.

그런데 그럴 수가 없다.

하지도 않은 일을 어찌 증명하겠는가!

P와 K는 곤경에 처해 있지만 현재로서는 묘수가 없다.

이렇기에 자격도 없는 놈에게 기자라는 허울을 씌워주면 안 되는 것이다.

아무튼 김진철이 오매불망 좋아하는 여배우가 바로 P이다.

담백한 성품이고, 사치부릴 줄 모르며, 겸손과 예의를 겸비했다. 게다가 봉사활동도 적극적이다.

게다가 예쁘고, 몸매까지 뛰어나다.

탑급 배우로 상당 기간 군림하면서 드라마와 CF도 많이 찍어서 돈도 많을 것이다. 그리고 지금껏 스캔들 한 번 없던 미혼여성이다.

사내로서 탐낼 만한 모든 조건을 갖추고 있다.

김진철은 호시탐탐 노리던 P를 어떻게 하면 '냉큼' 할 수 있을까를 상상하곤 했다.

그러다 기회가 온 것이다. 자세한 정황을 파악한 뒤 조작된 증거를 내밀고 하룻밤 인연을 강요하려는 것이다.

"아이, 선배님~! P 말이에요. 진짜 불륜이에요?"

"김 기자도 궁금해? 궁금하면 빼지 말고 술 한 잔 쭉 들이켜 봐."

눈으로 소주가 반쯤 든 컵을 바라본다.

이 신문사는 맥주잔에 소주를 따라 먹는 관습이 있다.

작은 잔에 따라 마시면 쪼잔해보여서 그렇다고 한다.

그리고 기자란 거대 악(惡)이나 거대 권력, 혹은 흉포한 폭력 등과 맞서야 때도 있어야 하는데 깡 없이 쫄면 안 된다는 것이 말도 안 되는 이유 중 하나이다.

이 신문사는 지금껏 권력과 맞서본 적 없으며, 늘 거대 악이나 흉포한 것들을 보호하는 입장에 서 있었기 때문이다.

아무튼 이 기자는 김진철이 술잔 앞에 놓고 고사지내는 것을 못 마땅하게 여기던 사람 중 하나이다.

그렇기에 원샷을 강요한 것이다.

"진짜 이거 마시면 말해줄 거죠?"

"그래, 그래~! 일단 한 번 쭈욱 들이켜!"

"알았어요."

김진철은 술이 세지 않아 늘 고사만 지냈다. 한 잔 따라놓고 찔끔거리면서 밤새는 스타일인 것이다.

그러면서 서서히 취해가는 사람들의 단점이나 꼬투리 잡을 것을 확보했다. 필요할 때마다 슬쩍슬쩍 딜을 걸어 원하는 것을 얻어내기 위함이다.

이 기자도 2년 쯤 전에 한 번 걸린 적이 있었다.

취재 중 알게 된 여성에게 수작 걸고 있다는 걸 김진철이 알게 되었다.

김진철은 강남의 룸살롱 구경을 하고 싶다면서 슬쩍 이 기자의 아내를 언급했다.

서초동 중앙지법에 근무하는 현직 검사이다.

엄처시하에 있으면서도 늘 외도를 꿈꾸던 이 기자는 그 즉시 납작 엎드렸고, 김진철을 텐프로로 인도하여야 했다.

인터넷 게시판에는 사람들의 의표를 찌르거나 풍자하는 농담이 많이 올려지고, 회자된다.

그중 하나가 '술값은 누가 낼까?' 이다.

이 게시물에는 기레기와 견찰, 그리고 떡검과 뇌물판사가 술집에서 술을 마실 때를 가정(假定)하고 있다.

정답은 '술집주인' 이라고 쓰여 있다.

이 기자는 언론사가 마치 자신의 것인 양 거들먹거리며 룸살롱 주인을 윽박질렀다.

그렇기에 술값은 한 푼도 내지 않았다.

하지만 화대는 내지 않을 수 없었다. 김진철이 아가씨를 마음에 들어 해서이다.

그날 화대뿐만 아니라 모텔비까지 지불했다.

기분이 좋아서 사주는 것과 강요에 의해 지출하는 건 심리적 차이가 매우 크다.

기레기 짓으로 벌어들이는 게 꽤 되지만 괘씸하다는 생각이 들어 마음에 새겨놓고 있었다.

오늘도 김진철이 얌생이처럼 앉아 있는 꼴이 뵈기 싫었는데 잘되었다 생각하고 마시라고 한 것이다.

쭈욱! 쭈우욱~!

"카아~!"

"잘하네. 자아, 한 잔 더!"

"네? 선배가 이것만 비우면 된다고……."

"시끄러! 한 잔 더 마셔. 그럼 말해줄게."

선배는 한 잔 가득 소주를 따랐다. 거의 반병이다. 그러곤 다시 들이켜라는 눈짓을 한다.

"싫어? 싫음 말고."

"아, 아뇨! 누가 싫다고 했나요? 안주로 뭐 먹을까 생각했습니다."

"그래? 그럼 얼른 먹고 마저 잔 비워."

선배는 '너 이 녀석, 오늘 잘 걸렸다'는 표정이다. 그러면서 왜 그걸 궁금해하나 생각해 보았다.

그런데 앞서 비운 두 잔의 술 때문인지 생각의 가닥이 논리적으로 잡히지 않는다.

이러는 사이에 김진철은 안주를 먹고 크게 심호흡을 한다.

겨우 술 한 잔 비우는 일인데 마치 금메달이 걸린 올림픽 결승전을 앞둔 국가대표 선수 같은 표정이다.

"후우! 후우~!"

선배는 슬쩍 곁눈질로 김진철을 바라본다.

혹시라도 잔을 비우는 척하면서 다른 그릇에 따라 버리거나 물과 바꿔치기하는지를 보려는 것이다.

쭉, 쭈욱~! 쭈우욱! 쭈우우욱~!

"캬하아아~!"

탕—!

단숨에 잔을 비우고 탁자에 내려놓는 소리가 제법 컸다. 보았느냐는 뜻일 것이다.

"자, 다 마셨어요. 이제 말해주세요."

"뭐가 그렇게 궁금한데?"

"P말이에요. 진짜 K의원과 불륜이고 혼외자식까지 낳은 거 맞아요?"

"그거 내가 기사로 쓴 거잖아. 그럼 내가 거짓 기사를 냈다는 말이야?"

선배의 눈초리가 매서워졌다. 김진철은 바로 당황하며 깨갱한다.

"아, 아니! 그건 아니구요. P와 K, 둘 사이가 어느 정도 깊냐는 거죠. 진짜 불륜이에요?"

"자네가 그건 왜 물어?"

"그냥 궁금해서요. 다름이 아니라 사실 제가 P를 많이 좋아하거든요."

"……! 그런 내가 소스 하나 줄 테니까 니가 기사 하나 써 볼래?"

자신이 핵심을 찔러놓았으니 김진철이 외곽에서 두드리는 전법이 떠올랐던 것이다.

"네? 정말요? 저야, 주시면 쓰죠."

김진철은 심하게 구미가 당긴다는 표정이다.

P가 가진 비밀을 많이 알수록 그녀를 가질 확률 또한 늘어난다 생각하기 때문이다.

이때 이 기자와 김진철에게 쏘아져 가는 것이 있다. 변형프로그램이 적용된 캔서봇이다.

이 기자는 3개월 이내에 4기 췌장암에, 김진철은 3기 췌장암에 걸리도록 프로그래밍 되어 있다.

수술로 절제할 경우엔 폐암이 발생되고, 폐마저 절제해 내면 대장암이 발견될 것이다.

이들뿐만 아니라 회식 자리에 있는 거의 전원에게 변형 캔서봇이 쏘아졌다.

기레기들에겐 캔서봇뿐만 아니라 데스봇도 투여되었다.

매일 손가락이나 발가락이 절단된 듯한 고통을 30분간 경험하게 해주는 레벨3이다.

사주와 편집장에겐 다른 캔서봇이 투여되었다.

기레기에게 투여된 것은 말기암에서 멈추게 프로그래밍 되어 있지만 사주와 편집자, 그리고 일가족 중 처벌받아 마땅한 자들에겐 리미트(limit)가 걸려 있지 않다.

다시 말해 암이 발생된 후 무슨 짓을 하든 곧바로 죽음에 이르게 된다. 재활용 불가능한 쓰레기로 분류된 결과이다. 그런데 그 수효가 만만치 않다.

다른 곳에서도 나노로봇이 발사되고 있다.

떡검과 견찰, 그리고 말도 안 되는 판결을 내리는 판사와 부정부패와 연루된 공무원들이 그 대상이다.

이들이 모여 있는 곳에서는 나노로봇이 기관총처럼 발사되는 중이다.

그곳은 여당 총재의 출판기념회장이다.

소속 전직, 현직의원들뿐만 아니라 당직자와 자치단체장과 지방의회 의원 다수가 참석해 있다.

다음 번 공천을 받으려는 욕심에 눈이 벌건 개만도 못한 인간들의 집합이다.

유유상종이란 말이 있듯 이들 모두는 개만도 못한 새끼들이다.

신팔호는 이들에게 변형 캔서봇과 데스봇뿐만 아니라 BD 봇도 투여한다.

곧바로 뇌사에 이르게 인간의 존엄성을 잃어야 할 인간들이 많아서이다.

인간쓰레기들이 마구잡이로 뒤섞여 있지만 사전에 정해진 대로 정확하게 투여되고 있다.

거의 0.1초 간격으로 발사되어서 그런지 약한 바람 소리가 들리는 것 같다. 그럼에도 아무도 알아차리지 못한다.

나노로봇이 너무 작아서이고, 통각점이 없는 세포벽이 뚫려버린 결과이다.

이제 못된 짓으로 벌어들인 돈은 모두 병원에 내야 할 것이다.

부모로부터 물려받은 게 제아무리 많아도 그 역시 의료비 및 민간요법 등으로 지출된다.

그렇게 진통제나 마취제를 맞아도 효과는 없다.

하여 돌팔이라고 욕을 하며 다른 병원을 찾는 일이 반복될 것이다. 덕분에 병원들은 호황을 맞이하게 된다.

고통을 호소하는 환자들이 물밀 듯 밀려오고, 각종 암에 걸린 환자들이 쏟아져 들어오니 어찌 안 그렇겠는가!

수술실은 늘 만원이고, 진통제나 마취제는 재고가 소진될 것이다. 덕분에 제약사들이 떼돈을 번다.

하지만 기분은 별로일 것이다.

진통제는 효과가 없다는 소리를 듣게 되고, 항암치료나 수술도 별무소용이다. 그래서 욕만 잔뜩 먹기 때문이다.

"아차! 깜박했다."
잠자다 벌떡 일어난 현수의 입에서 나온 말이다.

『전능의 팔찌』 2부 5권에 계속…